Question de points de vue

Laissez-vous surprendre par les dénouements !
Votre première idée sera-t-elle la bonne ?

Eric Juban

Tous droits réservés à :

Eric Juban – 4 Imp des pins - 42130 Trelins
ISBN : 979-8-8468-0195-0
Dépôt légal : Septembre 2022
Imprimé à la demande par Amazon

Le Code de la propriété intellectuelle interdit les copies ou reproductions destinées à une utilisation collective. Toute représentation ou reproduction intégrale ou partielle faite par quelque procédé que ce soit, sans le consentement de l'auteur ou de ses ayant droit ou ayant cause, est illicite et constitue une contrefaçon, aux termes des articles L.335-2 et suivants du Code de la propriété intellectuelle.

Informations mises à jour sur www.preference-jeu.com

Sommaire

On m'appelle Pierre

Au calme, le dos dans la poussière blanche, je contemple le ciel infini, noir, profond et sans étoile.

J'ai très froid mais je patiente car il fait toujours très chaud ensuite. C'est comme ça par ici. Mes nombreux voisins ne s'en plaignent pas non plus. Ils attendent eux aussi, ne serait-ce qu'un peu de couleur.

Je n'ai jamais rien fait, ni rien rencontré. Pas une fourmi pour me chatouiller, ni un bruit pour me déranger. Pas une brise d'air ni une goutte d'eau ne sont venues me changer les idées.

Même pas un aigle ne m'a survolé. Je ne pense à rien et ne me pose aucune question. Je ne sais même pas comment je m'appelle, c'est dire.

Personne n'est jamais rien venu construire en ce lieu. Pas une éolienne ni un barrage, même pas une simple cabane. Il n'y a rien, ni route, ni orientation. Même une boussole y perdrait le nord.

Ici, un jour semble en durée 15. Quel ennui ! Quelle curieuse impression de ne pas avoir bougé depuis des milliards d'années tout en ayant parcouru des milliards de kilomètres.

Une belle nuit, près d'une mer de grande tranquillité, venant de la rive d'en face, surgit une énorme créature blanche. Une tête en forme de boule noire, lisse et brillante, dans laquelle j'ai juste eu le temps d'y voir mon reflet, avant qu'elle ne m'enveloppe de ses 5 petites tentacules.

Quelle est cette chose qui m'emmène avec elle en bondissant maladroitement ? Où allons-nous ?

Dans sa curieuse tanière à quatre pieds, pour la première fois de ma vie, j'entends des sons, du bruit, sens des odeurs. J'endure une sensation d'écrasement et des secousses incroyables. Puis, une impression de voler m'envahit. Non, je flotte. En fait je tombe ! Comment peut-on tomber aussi longtemps ? Jusqu'où ?

Du temps a passé depuis ce voyage étrange. Tout est si coloré et animé ici. Même le ciel a une couleur et une consistance. Il me semble apercevoir ma maison au loin.

J'en ai connu des créatures, elles m'ont manipulé, retourné dans tous les sens, gratté le dos et le reste. Toujours avec beaucoup de délicatesse, d'amour presque.

Avec le temps je comprends un peu leur langage. Mais sans saisir où ils veulent en venir, ni ce qu'ils veulent faire de moi.

A présent je suis enfermé dans une boite en verre, seul, en permanence sous la même lumière tamisée. Toujours à la même température, toutefois pas désagréable !

Je n'ai plus d'horizon courbe et infini devant les yeux ; mais des créatures étranges qui défilent devant moi. Elles m'observent, tantôt émerveillées, tantôt indifférentes.

Bon sang, mais qui suis-je ? Où suis-je? Pourquoi moi ? Nous étions si nombreux là-bas, dans mon monde en noir et blanc.

Attendez… Une petite créature s'approche de moi. Elle me regarde à peine. Ses yeux sont à la hauteur de ma carte d'identité accrochée à ma prison de verre… Elle semble essayer de la déchiffrer.

Vais-je enfin en savoir plus sur moi ? Au moins mon nom, par pitié !

Oui ! La créature lit doucement et à haute voix...

Pierre Lunaire.

Référence : 15499,10

Poids : 163,44g

Rapporté par la mission Apollo XV en 1971

Cité de l'Espace de Toulouse

Quelques indices :

- *Le ciel infini, noir, profond et sans étoile.* : On ne voit pas les étoiles depuis la lune

- *J'ai très froid mais je patiente car il fait toujours très chaud ensuite.* : Sur la lune la température varie de -150°C à 150°C

- *Même pas un aigle ne m'a survolé.* : Le module d'Apollo 11 était surnommé Eagle, aigle.

- *Même une boussole y perdrait le nord. :* Il n'y a aucun champ magnétique sur la lune

- *Ici, un jour semble en durée 15 :* Un jour lunaire correspond à 15 jours terrestres.

- *Près d'une mer de grande tranquillité.* : Un des lieux d'alunissage est proche d'une zone appelée Mer de la tranquillité.

- *Une tête en forme de boule noire :* Il s'agit du casque d'un astronaute qui reflète le ciel

- *Dans sa curieuse tanière à quatre pieds. :* C'est le module lunaire

- *Je flotte, en fait je tombe.* : L'apesanteur est une chute libre

Avant-propos

Vous venez de lire la première histoire.

Comme vous l'aurez compris, dans ce livre je vous propose des histoires courtes, faciles à lire, d'époques et de contextes différents. Bien souvent inspirés de faits réels.

Des histoires où vous découvrirez dans les dernières lignes, le sens caché d'une situation, la réelle identité d'un personnage, un évènement ou un dénouement inattendu.

Au fil de l'avancée du récit, des indices ou simplement un champ lexical tenteront de vous mettre sur la voie ; ou au contraire de vous en éloigner. Ces indices et quelques explications vous seront parfois donnés en fin d'histoire.

N'hésitez pas à relire chaque histoire, offrant un deuxième niveau de lecture, un second point de vue. Cela vous permettra d'en apprécier d'avantage le déroulement.

Je vous laisse découvrir les histoires suivantes, en espérant que vous passiez un agréable moment.

Bonne lecture….

Domestique

Hugo, je suis rentré !

Hugo ne daigne répondre ni même la regarder. En même temps, cette phrase il l'entend à chaque fois que sa mère, Carole, passe la porte du petit appartement. Pourquoi répondre, elle sait bien qu'il est là. Où pourrait-il être de toute façon ?

Car Hugo est un peu spécial : paresseux, apathique, obèse, casanier, agoraphobe, parfois agressif. Rien ne va en somme. Il ne fait rien de ses journées, à part passer des heures à dormir, regarder la télé ou manger. Se rendre aux toilettes constitue, à peu de choses près, ses seuls déplacements. Un vrai pacha, pire que son pauvre père, paix à son âme et maudit soit ce camion !

Carole se sent fautive, l'ayant adopté dès ses premiers mois, elle souhaite qu'il soit bien ici. Elle veut être la meilleure mère de substitution possible. Alors elle s'occupe de lui en permanence, lui prépare ses assiettes, à toute heure, même la nuit. Elle s'en occupe trop sans doute. Il est beaucoup trop gros pour son âge.

Bébé, il était déjà tout rond. Et puis il y a eu cette opération. Depuis il ne fait que grossir. On lui a bien dit que c'était normal, mais quand même. Il peine à se déplacer à présent.

Se déplacer pour aller où ? De toute façon, Carole refuse qu'il sorte de l'appartement. Encore traumatisée par la disparition du père. Elle dit que c'est trop dangereux.

Alors il passe de grand moment devant la fenêtre, à regarder on ne sait quoi. Même volets fermés, c'est dire son état.

Son grand drame à Carole, c'est qu'il ne répond jamais. Elle lui en pose des questions pourtant : Qu'est-ce que tu regardes ? Où tu as mal ? Pourquoi tu chouines ? Tu m'aimes ? Et bien sûr, les sempiternelles : Tu as faim ? C'était bon ?

Hugo ne lui parle pas, il tourne la tête. A croire qu'il ne comprend rien. Fait-il sa crise d'ado ? C'est vrai qu'à 16 ans on en a marre des questions de la mère.

Mais Carole l'aime son petit. Elle lui passe tout, ne lui refuse rien, à ses ordres comme une domestique. Dans quelques années il ne sera plus là, alors elle en profite. Elle dort encore avec lui, dans le même lit, collés l'un à l'autre. Elle sait bien que c'est mal vu mais elle s'en moque.

Tous les matins, elle met à Hugo un coup de brosse. Tous les deux aiment bien ce petit moment ; et Carole souhaite qu'il soit un minimum présentable en cas de visite. Même si elle sait bien qu'il ira se cacher dans sa chambre au moindre coup de sonnette à la porte. Il est si timide.

Et cette chambre, avec tous ces vieux jouets usés. Il y a bien longtemps qu'il n'y touche plus, mais ils traînent encore là.

La tapisserie est passée de mode. Il ne l'aime pas et le fait savoir en arrachant un bout de temps en temps. Carole fait mine de ne rien voir.

Pour l'heure, Carole doit refaire le plein du placard à vivres. Qu'est-ce qu'il bouffe quand même ! Elle clame :

— Mon chéri ! Maman part faire une course ! Tu es sage d'accord ? Je reviens vite promis.

Hugo la regarde, enfin il essaye, de ses yeux mi-clos. Il pense :

Qu'est-ce qu'elle peut bien encore me raconter la nourrice ? Elle en mène un manège. Blablabla et patati et patata.

Nul doute que c'est très intéressant... Enfin si, j'en doute fortement.

Allez un effort ! Entre domestiques restons courtois. Je vais faire le dos rond et lui répondre, ça va la mettre dans tous ses états.

J'aurai droit à deux de ces fameux bonbons : "Pas mieux, ça fait grossir !" et après la paix ! Allez… trois… quatre…

… MIAAOOOuuuuu

Guère préparée

19h30, une chaleur de mois d'août en ce soir de juin. En retard, Elisabeth se presse d'entrer au numéro 6 de la place Seymour près du parc central.

C'est le dernier appartement à remettre en ordre de la journée. Faire des ménages n'est pas sa passion mais il faut bien nourrir les enfants. C'est un travail épuisant où elle a parfois l'impression de voler d'appartement en appartement, telle une colombe entre deux églises. Elle s'en accommode, cela lui permet de voir du monde, de tenir quelques discours avec les voyageurs en exil.

Cette fois pas de chance. Le locataire vient de partir, et précipitamment visiblement. La radio est en marche et diffuse les informations. Au plafond, un voile de fumé de cigarette ondule encore, telles des vagues traversant une mer agitée.

En général, quand elle ne rencontre pas les occupants de passage, Elisabeth aime bien deviner quel genre de personne est passé par là. Cela rend le travail moins pénible et plus amusant : à chacun sa méthode pour résister.

Alors, visiblement il s'agit d'un fumeur ou d'une fumeuse, qui se tient au courant des actualités. En même temps, qui ne passe pas ses journées à écouter les informations en ce moment ?

Au vue des poils de barbe dans le lavabo, c'était un homme. Un homme qui se rase tous les jours. Pour preuve la taille infime des poils, telle une armée de puces envahissant un territoire trop vaste.

Un homme de grande taille, à en croire la hauteur où le miroir a été essuyé.

Un écrivain, semble indiquer la bataille qui a eu lieu sur le minuscule bureau. L'horloge calendrier est repoussée sur un côté pour faire place à quelques feuilles blanches. Plusieurs brouillons froissés. Un livre oublié «La France et son armée », il doit parler Français, suggère-t-elle.

Il s'est fait monter un casse-croûte du restaurant d'en bas, la serviette vichy en atteste. Et à en croire les miettes de pain sous la chaise, il a mangé sur le bureau. Qu'est-ce qu'il pouvait écrire de si important pour qu'il ne prenne pas le temps de manger à table ?

Il a passé un appel ou a été joint par téléphone puisque celui-ci est resté décroché.

Dans le cendrier des dizaines de mégots écrasés. Trois paquets de cigarettes vides, de marque française. « Introuvable par chez nous, c'était un français sans aucun doute, tant mieux ce n'est pas un allemand », s'émerveille Elisabeth qui ne les supporte plus depuis quelques temps.

Elle veut en savoir plus, malgré son retard, elle s'assoit au bureau et défroisse l'une des pages.

Sur ce brouillon, un paragraphe qui semble n'avoir ni début ni fin. Une jolie écriture mais pas simple à déchiffrer, surtout qu'Elisabeth ne parle que peu le français.

Au moment où elle lit les premiers mots, la radio, qu'elle n'écoutait plus car trop concentrée sur son enquête, semble lui venir en aide.

Un homme énonce les mêmes mots, au même moment !

Elle lit ce qu'elle entend, elle entend ce qu'elle lit.

Elle rythme sa lecture au tempo de cet homme qui parle, d'une voie grave et solennelle, en français. Plutôt rare sur la BBC London.

L'homme dit...

«… j'invite les officiers et les soldats français, avec ou sans leurs armes, j'invite les ingénieurs et les ouvriers spécialisés des industries d'armement qui se trouvent en territoire britannique, à se mettre en rapport avec moi. Quoi qu'il arrive, la Flamme de la résistance française ne doit pas s'éteindre et ne s'éteindra pas…. »

Elizabeth, guère préparée à une telle découverte, assise au bureau où se tenait cet homme effectivement très Grand, reste figée, les yeux sur l'horloge.

Il est 20h00, le 18 juin 1940.

Quelques indices : Guère (guerre) préparée / 6 place Seymour / Traversant une mer / « La France et son armée » livre de De Gaulle / Colombe entre deux églises (Colombey-les-deux-Eglises) / Il a passé un appel ou a été joint (appel/juin)

Mots clés: Juin / Ordre / Discours / Ordre / Exil / Général / Occupants / Résister / Armée / Envahissant / Repoussé / Français / Allemand / Territoire / Ecrivain / Bataille / Résister / Vichy / Appel / Radio / BBC

Rémission

— Enlevez vos mains des roues John, qu'on avance. Vous n'en avez pas marre d'attendre dans ce couloir ?

— Je n'y étais pas si mal que ça finalement. Pourquoi vous m'emmenez en chariot Moly ? Cette foutue jambe me fait souffrir mais fonctionne encore. Et puis, j'aurais aimé marcher encore un peu.

— Le protocole John, le protocole ! Votre rythme cardiaque doit rester stable. Vous ne stressez pas trop ?

— Quelle question ! Je suis déjà mort de trouille. Même si j'attends ce moment depuis des lustres, je ne suis pas pressé d'y passer vous savez.

— Allons, vous n'allez rien sentir. Vous le savez bien, on vous a expliqué la procédure 10 fois. Vous avez eu votre plateau repas ce matin ?

— Vous parlez d'un repas, je n'ai même pas eu le saumon qu'on m'avait promis. Ni cette sacrée cigarette d'ailleurs.

— Vous n'êtes pas à l'hôtel ici mon cher ! Estimez-vous heureux d'avoir été nourri, blanchi. Ah voilà, terminus, salle numéro 4, le médecin-chef nous attend.

— Ah ! Quand même, j'ai failli attendre ! Bonjour John, la forme ? Toujours aussi douloureuse cette jambe ?

— Insupportable docteur, mais vous allez vite régler le problème n'est-ce pas ? Vous pouvez même la couper pendant que vous y êtes.

— Sacré John ! Le sens de l'humour dans toutes les situations ! Prenez place, allongez-vous sur la table. Moly, s'il vous plaît, trouvez vite une veine, que notre ami ne souffre pas plus longtemps…

— Bien chef.

— Vous ne sentirez plus rien dans quelques minutes. Si vous avez quelque chose d'autre à dire, c'est le moment John, après c'est dodo. Moly, c'est ok pour vous ?

— Veines solides, pas moyen de piquer. Excusez-moi John, je sais que toutes ces piqures sont éprouvantes. Chef, j'essaie l'autre bras ?

— Faites au mieux Moly. Adrian, les scopes sont-ils branchés ?

— Scopes ok, constantes élevées mais rien d'anormal. Moly, tu t'en sors ?

— Pas moyen ! Trois piqures dans chaque bras et toujours pas de veines céphaliques stables. Chef une suggestion ?

— Piquez dans sa jambe esquintée, il n'est plus à une douleur près avec cette guibole malade.

— Bien, j'essaie la jambe. Cette veine tibiale devrait faire l'affaire mais il va morfler le pauvre…

— Souffrir est le privilège des vivants. Allez-y Moly, je le tiens…

— Alors qu'est-ce que vous tournez là-dedans ? Qu'est-ce qu'il a à gueuler comme ça celui-là? La famille s'impatiente, on ne va pas y passer la journée !

— Bonjour monsieur le directeur. L'intervention démarre mal et je crains qu'on ne puisse l'achever aujourd'hui. Pas moyen de placer le cathéter, on ne parvient qu'à lui faires des hématomes.

— Attendez chef ! J'y suis. Cathéter périnerveux à la cheville, reflux ok, perfusion en place !

— Bien Moly, ne traînons pas plus ! Ouvrez le sédatif, ça va le soulager. Monsieur le directeur, nous allons pouvoir en finir, si vous voulez retourner auprès des parents.

— Bon continuez la procédure, mais faites cesser ces cris s'il vous plait, exécution !

— Bien monsieur, je vous tiendrai informé. Moly, passez à la poche d'anesthésiant.

— Attendez, ce n'est pas normal. Il bouge encore ! Calmez-vous John, ne bougez pas, ça ne sera plus très long.

— Je… Je suis désolé… Je demande pardon…

— Il ne devrait plus pouvoir parler là ! Molly, il est ouvert cet anesthésiant ?

— Oui mais sans effet pour l'instant. Adrian tu confirmes ?

— RC en hausse, tachycardie sur 300 !

— Molly on enchaîne, branchez la poche de chlorure, ça a assez duré maintenant !

— Mais chef ! Il est toujours éveillé, il va trop souffrir !

— Souvenez-vous de la petite Emily, elle ne dormait pas elle non plus. Vous croyez qu'elle n'a pas souffert ?

— Mais c'était il y a si longtemps !

— Le temps ne pardonne rien, nos actes si. Alors ça vient ce chlorure ?

— Il me fait tant de peine à gémir comme ça.

— Justement ici, on abolit les peines, c'est capital ! Laissez-moi faire et changez de service si vous n'y arrivez pas Moly.

— Pardon chef, infiltration en cours… John, respirez profondément et calmez-vous. Adrian, les ECG s'il te plait.

— C'est mieux, attendez… En baisse partout… Bradycardie… Glasgow à 3… Encore un moment… Asystolie… Voilà, tout est à zéro… Mission accomplie chef.

— Justice rendue, je vais prévenir le directeur et rassurer les parents d'Emily, ils patientent depuis tant d'années. Moly séchez vos larmes et dites-vous que cette petite vous remercie avec un grand sourire de là-haut... Adrian heure du décès ?

…

Après 20 ans d'attente dans le couloir de la mort, John est exécuté par injection létale. La 210ème dans cet état du Texas.

Quelques indices: Rémission (Action de pardonner. Disparition des symptômes, d'une douleur) / Couloir (de la mort) / J'aurai aimé marcher encore un peu / Je ne suis pas pressé d'y passer / Déjà mort / Terminus / Je crains qu'on ne puisse l'achever / En finir / Exécution / Je demande pardon / Ici on abolit les peines / Capital

Vieillard-bre

Nous sommes si nombreux sur ce tas. Un camion nous décharge les uns sur les autres. Nous attendons une décision concernant notre avenir. J'en profite pour me souvenir…

Petit chêne planté en 1020, j'ai passé 100 ans à avaler des tonnes de carbone, boire des litres d'eau, absorber des heures de soleil. Nous étions des milliers à grandir en regardant défiler les saisons.

Année 1120. Je suis un magnifique arbre de quarante mètres de haut, fort et fier. Du moins jusqu'à ce jour où des hommes viennent m'abattre. Ça devait arriver, je m'y attendais. J'en ai tellement vu, de mes aînés, partir ainsi, par dizaines. Tel est notre destin, notre sacerdoce. Une fin de vie, oui, mais le début d'une autre aussi.

Des mains expertes me caressent, me coupent, me rabotent, me redressent, me débitent. Je suis une magnifique poutre de six mètres, robuste et éternelle. Du moins je le croyais à l'époque.

Je prends place dans un bateau en tant que serre-bauquière. Je soutiens les baux par leurs extrémités et contribue ainsi à la rigidité de la coque. Quelle fierté d'appartenir à une si belle flotte. On a parcouru tant de miles pendant 20 ans. Essuyé tant de tempêtes avec mes amis : Etambot, Estain, Varangue, Marsouin ou Etrave.

La vie en mer n'est pas simple, mais qui peut se vanter aujourd'hui d'avoir œuvré pour Philippe Auguste ? D'avoir participé à la troisième croisade au côté de Richard Cœur de Lion.

Puis une longue période de cale sèche. Ebranlés par tant de vagues, amochés par quelques boulets. Nous sommes trop fatigués par nos voyages et batailles pour reprendre la mer.

On arrache mes clous, me ponce les côtes, me perce les flancs. Je reprends fière allure. On me réaffecte. Mais tous n'auront pas cette chance. Les planches de ponts, elles, sont toutes parties en fumée pour chauffer un hospice de lépreux. Belle fin de carrière ma foi.

Année 1140, je prends donc place sous le tablier d'un pont en tant que madrier. Je soutiens vaillamment les traverses avec mes frères Bastaing, Chevêtre, Potence et les nobles Arcs de Culées. Tous ensemble nous permettons aux hommes et leurs bêtes de traverser la Seine ; au beau milieu d'une ville qui deviendra plus tard Capitale.

J'en ai entendu passer des chariots, senti passer des sabots, vu naviguer des bateaux. Porter tout ce beau monde est usant. Mais qui peut se targuer aujourd'hui d'avoir soutenu le passage de Louis VII ou la procession du pape Alexandre III ; d'avoir acheminé les premiers ouvriers du palais du Louvre ou le cortège funéraire de Louis VI le gros ?

Presque 80 ans de bons et loyaux services. Nous étions trop vieilles pour supporter cette terrible crue de 1219. Enlisées sur les berges, mes voisines et moi sommes extirpées, séparées, triées, nettoyées, certaines rebutées. Aucune de nous ne remontra sur le pont. J'ai entendu dire que des pierres taillées et éternelles venaient nous remplacer. La modernité en laisse toujours quelques-uns sur le carreau. Mais qui voudrait d'un pont en bois de nos jours ?

Année 1220. Les gros troncs se font rares. Je ne vais donc pas finir en bois de chauffage. On me fait des mortaises d'un côté, des tenons de l'autre. Je suis réaffecté : pas très loin mais bien plus haut.

On me hisse. Moi qui ai passé ma vie au ras de l'eau, me voilà au cœur d'une charpente, à 150 mètres au-dessus du sol.
Je suis Contrefiche qu'on emboîte dans l'Arbalétrier. Lui est jeune et fort, il vient directement de la forêt. Je viens simplement le soutenir. J'ai déjà 200 ans, mais devenir tutelle de Notre-Dame ne me fait pas peur.

Nous sommes des dizaines sur 100 mètres, agencés comme une structure de coque de bateau retournée. Cela me rappelle mon ancienne vie. Il paraît qu'on appelle cet endroit « la forêt ». Quel meilleur nom de lieu pour nous les Echantignoles, Poinçons, Chevrons, Faitières et autres Enrayures.

Si seulement nous n'étions pas recouverts de 210 tonnes de plombs qui nous cachent le soleil. Je ne le reverrai plus pendant longtemps. Moi qui en ai tellement eu besoin pour grandir.

Dans le noir, au calme, les journées seulement rythmées par les cloches qui comptent les heures. J'ai arrêté de compter à environ sept millions.

Durant ce compte-à-rebours rien n'a changé, si ce n'est l'ambiance à l'extérieur. Au début je n'entendais que des chariots et des sabots ; des chants de pigeons et des cris de camelots ; parfois des cris de terreurs ou des hymnes aux bonheurs.

Quel vacarme à présent : des moteurs en bas et des réacteurs en haut ; des sirènes, des alarmes et des klaxons en permanence. A croire que les nuits n'existent plus là dehors.

Pour moi, il ne se passe pas grand-chose ; mais qui peut se flatter d'avoir abrité le sacre de Napoléon ou le procès de Jeanne d'Arc ; les célébrations de fin de guerre de cent ans ou l'armistice de Mai 45 ; ou encore les funérailles de Louis Pasteur ou de François Mitterrand.

800 ans dans l'obscurité, et puis un jour, une petite lueur au loin. Lumière orange et jaune qui danse, de plus en plus près, de plus en plus chaude.

C'est un comble, voir autant de lumière après tant d'années de cécité. Le calme devient enfer, la forêt brûle !

Les uns après les autres, nous tombons. L'eau apaise mes douleurs et je m'endors. A moitié consumé par la lave de plomb, je recrache dans l'air une grande partie du carbone avalé il y a mille ans ! Il va servir à présent à nourrir mes successeurs, longue vie à eux.

Le bourdon me réveille. Ouf, il a tenu bon.

Voilà. Je suis un vieil arbre, planté pour servir mon pays. En mission depuis 1000 ans jusqu'à cet incendie du 15 avril 2019.

Certains me voient comme un serviteur qui voyage dans le temps. Ils réfléchissent à me replacer là-haut, dans ma forêt.

D'autres ne voient en moi qu'un vieux débris inutile. Ils estiment ma place sur un tas de déchets.

Question de point de vue !

Sans observation...

Harold, lunettes de soleil sur le nez, chemisette impeccablement ajustée et canne fine à la main, s'installe à sa table habituelle. Cette terrasse en bord de mer est si agréable pour ce dandy au style anglais. Son chien, comme à son habitude se couche à l'ombre sous la table.

— Quelqu'un pour me servir ? Hèle-t-il en levant sa canne.

Il n'est pas obligé de crier comme ça de bon matin. Un petit signe de la main suffisait. Se dit Nathan, jeune serveur à seulement quelques mètres du dandy. Il répond aimablement.

— Bonjour, à votre service Monsieur.

— Ha vous êtes nouveau vous ! Je me trompe ?

— Nouveau saisonnier en effet ! Juste pour cet été. Nathan, pour vous servir.

— Moi c'est Harold ; et lui GPS. Et avant que vous me demandiez pourquoi un tel nom ; simplement parce qu'il ne se perd jamais. Dit l'homme si fier de son chien.

— Enchanté messieurs, qu'est-ce qui vous ferait plaisir ?

— Juste un café avec une goutte de lait, mon brave.

— Un café latté ! C'est parti !

Harold est si bien là, au soleil, la brise marine au visage. Avec la musique des vagues et les bruits de la ville qui se réveillent doucement. GPS, lui, termine sa nuit, un œil sur son maitre.

— Et voilà le petit café du matin !

— Oh ! Vous m'avez surpris ! sursaute Harold. Je ne vous ai pas entendu arriver.

— Monsieur était dans ses rêves sans doute.

— Dites-moi, le soleil est déjà fort ce matin ! Y aurait-il la possibilité d'ouvrir un parasol ?

— Ah ! Un parasol… Ce n'est pas moi qui m'en occupe d'habitude. Mais je vais essayer…

Nathan n'aime pas gérer les parasols. Ils sont compliqués à manœuvrer et la manivelle est trop haute pour lui. Mais bon le client est roi.

Après deux ou trois minutes à déficeler ce truc, à tenir la tirette tout en tournant péniblement cette manivelle ; Nathan parvient à ouvrir ce satané parasol. *Il aurait pu me donner un coup de main au lieu de me regarder et de sourire bêtement ! Je ne demande pas pitié et suis fier de me débrouiller tout seul, mais quand même,* pense-t-il avant de demander :

— Voilà M'sieur, c'est mieux comme ça ?

— Merci c'est gentil. Un verre d'eau s'il vous plait et ce sera parfait.

Nathan revint poser le verre sur la table sans un mot, il ne reçut même pas un merci en retour. *Encore dans ses pensées,* suppose-t-il en retournant rapidement servir les autres tables qui se remplissent à mesure que le soleil monte.

Quelques allers-retours plus tard, Nathan remarque le dandy qui lève le doigt comme s'il était à l'école. *Bizarre il n'a pas touché à son verre d'eau. Qu'est-ce qu'il veut encore.* Pense Nathan en s'approchant…

— Monsieur ?

— Excusez-moi, je vous fais courir, mais mon GPS a besoin de recharger. Serait-il possible d'avoir un bol d'eau ?

Très drôle pense Nathan, mais il répond poliment…

— Mais bien sûr. Par contre, vous n'avez pas touché à votre verre ? Un souci ?

— Ah zut ! Je n'avais pas fait attention que vous étiez passé par là, vous êtes vraiment discret jeune homme !

Il est bizarre ce gars, il ne fait attention à rien. Ne regarde rien à part la mer, là-bas au loin, comme si l'horizon était son seul intérêt. Pense Nathan pendant son aller-retour du bar à la table.

— Et voilà ! Un bon bol d'eau bien fraîche pour le toutou. A la tienne GPS. Par contre monsieur, sans vous commander, pourriez-vous ranger votre canne s'il vous plait. Elle gène mes allers et venues, ce serait gentil.

— Ho pardon, je ne voudrais pas vous faire tomber et encore moins que vous cassiez ma jolie canne.

Un comique celui-là, se dit Nathan tout en répondant…

— Il n'y a pas de mal, comprenez qu'il me faut un peu d'espace pour naviguer à travers toutes ces tables.

— Bien sûr, et à l'occasion de votre prochaine traversée, déposez-moi l'addition s'il vous plait.

Il pourrait faire un effort et tout me demander en une seule fois comme le font les clients en général. Cela m'éviterait des voyages. Si certains ont trop d'empathie, ce faux anglais n'en étouffe pas, c'est certain, pense Nathan de retour à la table.

— Et voilà M'sieur, 5 euros tout rond, avec nos remerciements.

Harold pose un billet sur la table. Il attrape la poignée harnachée sur le dos du chien. En se levant de table, il balaie le sol de sa fine canne blanche et ordonne :

— Allez GPS, direction Maison ! A demain Nathan, bonne journée.

…

Nathan reste bouche bée. Il ne peut répondre mais comprend tout ! *Cet homme que j'avais mal observé, qui ne semblait pas tout saisir et toujours perdu dans ses pensées ; il est simplement aveugle !*

S'il n'était pas déjà assis, il en serait tombé sur le cul ! En posant son plateau sur la tablette de son étroit fauteuil, spécialement aménagé pour le service, il se dit :

Demain, il faut que je l'informe de mon handicap : mon fauteuil roulant !

Deux hors champ

Il fait bon en cet été 1973, lorsque Raymond sort du champ, gauloise sans filtre à la bouche.

Vieux garçon timide, la cinquantaine environ, depuis toujours garçon de ferme chez l'oncle du frère à son cousin. Il n'a jamais bien compris l'organisation familiale.

Ni futé, ni bête, mais assez dégourdi pour garder les vaches bien groupées. Tout le monde l'aime bien dans son petit village de Seine-et-Marne.

Raymond s'apprête à remonter dans sa 2CV poussiéreuse lorsque, au bout du chemin, il aperçoit un homme. Un promeneur qui semble chercher sa route. Il va et vient, parle tout seul, gesticule. Il ne manque que quelques notes de violons pour en faire un muet de Chaplin.

Raymond, caché derrière sa voiture, peut observer le gaillard discrètement depuis cet angle de vue. Il s'écrie :

— Un militaire ! Que diable un militaire fait-il dans les parages ?

Le soldat l'ayant facilement repéré, puisqu'il n'y a rien d'autre qu'une 2CV dans les environs, s'approche et lui lance :

— Holà mon ami ! Je suis content de vous trouver là, vous allez certainement pouvoir m'aider !

L'homme est souriant, grand, plutôt costaud, les cheveux noirs, un fort accent italien. Le gaillard n'est pas de chez nous visiblement.

— Ma foi si je peux être utile à notre armée ! Moi c'est Raymond.

— Dites-moi Raymond, où sommes-nous exactement ? J'ai bien peur d'être autant perdu que la bataille de Waterloo ! confesse-t-il en lui serrant la main vigoureusement.

— Sur le plateau de Bourron-Marlotte, au sud de Fontainebleau ! répond Raymond, fier de son village natal.

— Très bien ! Est-il possible de me déposer en forêt de Fontainebleau ? Je dois y retourner rapidement sinon, houlala, ça va chauffer pour mon matricule.

A peine le temps d'y comprendre quelque chose, que l'énergumène, déjà embarqué dans l'auto, implore :

— Moteur s'il vous plait !

Raymond s'empresse de monter en voiture. En bon citoyen, il doit ramener au plus vite ce brave soldat si pressé de rejoindre nos couleurs. Il ne sait pas ce qu'il se trame dans cette forêt, mais craint le pire.

— Figurez-vous que je me suis fâché avec le Patron, explique le soldat. J'ai préféré quitter la compagnie et partir marcher un moment. Coupant à travers et contre champs, sans plan ni objectif, me voilà à présent bien égaré ! ajoute-t-il en rigolant plus bruyamment que la 2CV.

En tout cas, il est de bonne humeur ce soldat. Raymond aimerait en savoir plus mais le militaire continue :

— C'est que vous ne le connaissez pas vous, le Patron ! Môsieur Robert. Toujours à me faire des remarques : fais comme-ci, non pas comme ça, parle moins fort, arrête de faire la vedette, et patati patato…

— Rassurez-moi, ce n'est pas la guerre ? interrompt Raymond, trop inquiet de ce qu'il va bientôt découvrir en forêt.

— Houlala si, c'est la guerre ! On ne peut pas dire qu'on soit amoureux le grand et moi, esclaffe-t-il de rire, mais on va le réaliser ce job, c'est notre métier.

Visiblement un rien le fait rire...

— Votre uniforme, il ne date pas un peu ? remarque Raymond, qui reconnaît un insigne de régiment de transmission sur cette vareuse d'un autre âge.

— Pensez-vous ! Ils ne sont même pas français ces uniformes. On les récupère au surplus américain et on les repeint. Tu parles d'une comédie, déclare-t-il en se marrant de plus belle. Ah voyez, au bout du chemin là-bas, ça tourne, et on sera arrivé.

En effet, Raymond aperçoit des camions, des soldats et plus loin, trois chars d'assauts ! Il y a même un engin de type half-track de la Wehrmacht. Au moment de passer derrière celui-ci, l'italien prévient en prenant l'accent allemand :

— Attenzion ! Il va manœufrer.

Mais pourquoi rigole-t-il comme ça cet imbécile ? Il n'y a pas de quoi rire enfin ! Ça va recommencer comme en 40 ! Raymond avait 20 ans et avait bien failli revenir de la guerre en trois parties.

En longeant la rivière, l'italien, ni inquiété ni apeuré par ce qu'il se trame, continue de jacasser.

— Qu'est-ce qu'on a eu froid hier à patauger dans cette flotte. Par contre qu'est-ce qu'il nage bien le chef ! dit-il en rigolant de plus belle.

Cet homme est fou ? se demande Raymond, juste au moment où un soldat se projette devant la voiture en gueulant :

— Mais où étais tu passé ? On te cherche partout. Tu vas encore te faire engueuler ! Robert t'attend bon sang, descends vite !

— Houlala, je vais avoir droit à une de ces scènes moi ! Merci pour le taxi mon ami. Il y avait les Taxis de la Marne, il y aura le taxi de Machecoul à présent !

Et alors que Raymond, hagard, s'apprête à repartir…

— Mais pas si vite ! Prenez-ma carte en souvenir, j'espère que vous viendrez me voir hein ! dit l'italien en griffonnant un mot sur celle-ci.

Me voir ? Mais où ? Au cimetière ? Pensa Raymond qui entend, au même moment, un mégaphone hurler :

« Caméra 2 en place, silence, moteur...»

…

Notre brave Raymond lit sur la carte ...

« Mes amitiés Raymond, merci d'avoir ramené en forêt de Machecoul le soldat Tassin – 106ème régiment – 7ème compagnie. Signé Aldo Macione »

Quelques indices : Champ / Angle de vue / Italien / Moteur / Compagnie / Contre champ / Plan / Objectif / Plateau / ça tourne / Robert / Amoureux / Comédie / En trois parties / Scènes / Houlala / Machecoul / Il nage bien le chef / Mais pas si vite.

A savoir : Robert Lamoureux était extrêmement sérieux et très intransigeant, même lorsqu'il réalisait une comédie. Aldo Macione se voit souvent rappeler à l'ordre sur le plateau car il déconcentre le reste de l'équipe. Un jour, il finit même par s'enfuir du plateau fatigué de l'autorité du réalisateur.

Quand coule l'alcool

Quelle soirée ! J'ai l'habitude de boire mais ce soir j'y suis allé un peu fort.

Un inconnu m'a ramené dans cette chambre minuscule. Sans force, je suis étalé en étoile de mer sur ce lit qui semble flotter. La musique qui provient d'en haut et ce ronronnement d'en bas me tape sur le système. Je ne me souviens plus comment j'ai échoué dans cet endroit que je ne connais pas.

« Mais c'est quoi ce ronronnement bordel, ils ont mis quinze climatiseurs dans la cave ou quoi ! » Pas le temps d'aligner trois gros-mots de plus que je m'endors

Un grondement déchire mon sommeil. Ma tête résonne comme une coque vide. Mon esprit submergé d'alcool imagine un train qui frotte et déchire les murs en passant trop près de la chambre.

Ça ne peut pas être ça ! Il n'y a pas de train par ici, enfin je ne pense pas, je ne sais même pas où je me trouve. Le train s'éloigne, je me rendors.

Le calme plat me réveil. Les climatiseurs ne tournent plus, enfin! Je remercie cet hypothétique train à la dérive d'avoir emporté tout le système électrique, la paix. Je sombre à nouveau en souriant.

Très vite le tournis me reprend à tel point que j'ai l'impression de glisser en haut du lit. Mes jambes semblent s'élever, tout mon poids appuie ma tête contre le mur.

J'ai besoin de glace ! Grand Dieu, comment une cuite peut me mettre dans un état pareil ? Et pourquoi les voisins déplacent leurs meubles en pleine nuit bon sang. Toute ma vie, je me souviendrai de cette nuit infernale.

Voilà que la foule semble courir dans les couloirs maintenant. Il ne manquait plus que ça. Ma tête me joue des tours ! J'entends des arbres qui éclatent et des torrents d'eau ; des cris et des pleurs ; mais aussi des violons et des pétards. C'est quoi cette rue ? Quel vacarme ! Croyez-moi, ils vont en entendre parler demain.

Je rêve ou quoi ?! Mon lit vient de me jeter contre le mur et m'écrase de tout son poids !

Ah non ! Ça va trop loin maintenant. Que l'alcool puisse faire chavirer un gaillard comme moi d'accord. Mais que l'alcool me retourne moi, le lit et toute la chambre, ça suffit là !

Je dois refaire surface ! Je cherche un interrupteur à tâtons. J'avais pourtant laissé la lumière allumée, j'en suis certain. Si seulement il y avait une fenêtre dans cette maudite chambre !

Un énorme craquement se fait entendre et approche du fin fond du sous-sol. Une faille s'ouvre sous mes pieds dans un énorme fracas. Comme si quelqu'un pliait le bâtiment de ses deux mains ; telle une baguette de pain que l'on brise par le milieu. Je suis la miette qui tombe.

A peine le temps d'être effrayé par ma chute vers les abîmes, que des milliers de lames glaciales me transpercent, me paralysent, m'électrocutent. Plus rien, cette fois je dors pour de bon et pour un bon moment.

Je me réveille, mal à la tête et mal partout. Trempé et glacé jusqu'aux os. Je réalise que je suis dans une grande barque, enserré entre de deux dames qui me réchauffent.

Mon dieu, quelle gueule de bois ! Mais les souvenirs refont doucement surface... Je revois ces dames me hisser dans leur frêle esquif, mais pourquoi des dames? Si élégantes en plus!

Oui je me rappelle ! J'étais dans un bateau, un énorme navire. J'en suis tombé. C'est certain à présent. Mais comment ai-je pu basculer du pont ? Poussé par-dessus le parapet par une rafale ? Comment serait-ce possible ? J'ai passé ma soirée au salon seconde classe et dans mon lit !

D'ailleurs il est bien là mon paquebot ! Dans le noir devant moi, il m'aveugle de ces projecteurs, je ne comprends rien. Mes sauveteuses ne répondent pas à mes questions. Pourquoi pleurent-elles ? Je suis en vie ! Un autre passager serait-il tombé ?

En remontant par l'échelle de corde ; je songe à rencontrer le commandant pour lui dire ce que je pense de la sécurité de son vaisseau soit disant si magnifique. J'arrive péniblement au niveau du pont. Avant de m'y hisser, je jette un œil à la plaque nominative du bateau. Je lis…

« Carpathia».

Il ne s'appelait pas comme ça mon bateau ce matin ? Si ?

L'alcool fait vraiment des ravages au cerveau, j'étais persuadé être monté dans un navire nommé « Titanic »

Quelques mots clés : Coule / Flotter / Coque / Echoué / Submergé / Déchire / Sombre / Glace / Cris / Violons / Chavirer / Surface / Abîmes

A savoir : Le RMS Carpathia est un paquebot connu pour être venu en aide aux naufragés du Titanic en avril 1912. Charles Joughin, est quant à lui connu pour avoir survécu au naufrage grâce à l'alcool qu'il avait ingurgité.

Le fantôme du bélier

— Fumier, je vais te tuer ! hurle Denise, folle de rage en sautant à la gorge de l'adjoint au Maire !

— Mais vous êtes folle, lâchez-le espèce de marteau ! crie monsieur le Maire qui peine à s'extirper de son bureau.

Folle, Denise ? Peut-être pas tant que ça. Revenons quinze jours plus tôt.

***

Denise Brugnon, ou la mère bougon comme on l'appelle au village, habite à « passe-le-vent ». Lieu-dit où trône sa maison héritée de génération en génération. Une ancienne ferme isolée en bord de forêt, à un kilomètre au-dessus du village de Besogneux-le-Bourg.

C'est une bourrue la mère bougon. Elle vit seule et n'a besoin de personne. Elle coupe son bois tel un bûcheron. S'occupe du potager aussi bien qu'un maraîcher et tue ses lapins comme un boucher.

Enfin, pas tout à fait comme un boucher, puisqu'elle occit ses lapins à coup de « marteau qui fait pas mal ». Une massette qu'elle a fabriquée de ses mains. Un simple bout de bois dans lequel elle a emmanché un gros morceau de caoutchouc récupéré à la décharge. Assez mou pour ne pas faire souffrir mais assez dur pour tuer. Il faut bien manger. Denise est une bourrue mais avec du cœur.

C'est lors de cette fameuse nuit de printemps que tout a commencé, lorsque Denise, est subitement réveillée par des bruits de coups. [Boum] [Boum]

Des cognements qui semblent venir de nulle part, ou plutôt de partout. Du grenier ? De la cave ? Denise est terrorisée et n'ose bouger. [Boum] [Boum]

Quelqu'un frappe à la porte ? Non ça ne ferait pas ce bruit ! Il s'agit plutôt de coups sourds, comme une vibration qui remplit la maison. Mon dieu quels sont ces coups de poing venant d'outre-tombe ?

Cela dure une heure et puis plus rien. Avec le recul, elle se dit que seul son voisin peut être responsable d'un tel cirque. Il aura pris idée de couper du bois dans la nuit ce débile ! pense Denise qui attend, cachée sous la couverture, que le soleil se lève.

Au petit matin, elle descend donc chez son voisin, le père Loiseau. Un vieux garçon, pas très beau ni très distingué, mais elle l'aime bien quand même. Ils se rendent quelques services de voisins. Et même, bien que rares, des services pas très catholiques. Elle le trouve au jardin. Denise hurle…

— Père Loiseau ! C'est toi qui fais ce raffut de tous les diables ? Sur quoi tu cognais cette nuit ? Pour que ça résonne jusqu'à dans ma chambre !

— Qu'est-ce que tu me chantes mère bougon ! La nuit je dors moi ! Puisque tu ne veux pas que je monte te remuer les hanches, vieille bique.

— La paix vieux débris ! C'est pas de ça que j'te cause. Si ce n'est pas toi qui cognais alors tu as dû entendre cette nuit ? Comme des coups de masse, de minuit à une heure.

— Ma foi non ! Ça doit être la picole que tu as bu hier soir. Combien de verres tu as descendus ? demande Loiseau.

— Seulement quatre petits rouges ! Ça ne peut pas être ça !

— Pas de verveine ?

— Bin si ! Une bonne tasse avant le couché.

— Celle à 70 ?

— Pour qui tu me prends Loiseau ? Jamais la semaine, celle à 45 pardi.

— Une gnôle à 45 degrés, c'est comme une bière à un enfant. Ça peut pas y faire de mal. Alors en effet ça ne peut pas être ça !

— Bon baste, ce n'est pas toi tu dis ! Alors tu ne me sers à rien, retourne à tes blettes ! Je remonte chercher ailleurs. A bientôt Loiseau et monte boire un canon à l'occasion !

Ce soir-là, elle se couche avec à portée de main son marteau mou. Il sera bien assez dur pour celui qui ose lui faire cette blague. S'il s'agit bien d'une blague. Si le bruit recommence, elle descendra avec son courage et son marteau. Parole de Denise.

Minuit, premier coup. — Nom de gu, ça recommence !

Second coup, elle se redresse. — J'ai rien bu ce soir !

Troisième coup. — Ca va barder, nom de nom !

Elle descend les marches quatre à quatre, allume toutes les lumières… Personne ! Elle jette un œil par les fenêtres… Rien !

[Boum]

Encore un coup qui la fait sursauter. Mais quel esprit malin lui joue ce mauvais tour ? Trop apeurée par ces bruits elle retourne se cacher sous sa lourde couverture.

Serait-ce l'esprit de mon Raoul ? pense Denise. Revient-il pour me parler ? Vient-il se venger des moqueries qu'il a reçues à sa mort ?

Pauvre Raoul, il est si loin ce terrible hiver, où on l'a retrouvé noyé dans la rivière. Telle une autruche. Le cul en l'air sur la berge, la tête en bas prise dans l'eau gelée. Si bien congelé qu'on a dû attendre le redoux pour pouvoir casser la glace, l'extirper, et lui redonner une forme adéquate au cercueil.

— Pour une fois qu'il buvait de l'eau mon Raoul, ça me l'a tué. Va te venger au village le vieux ! murmure Denise, ce n'est pas moi qui me suis moquée, enfin si peu…

***

A la première lueur du jour, Denise monte au grenier. Peut-être trouvera-t-elle une piste sur l'origine de ces bruits. A part des habits tout moisis, des photos de famille de vieux gens morts et toute une palanqué de livres que personne n'a jamais lus ; elle ne trouve rien de concluant au grenier et descend donc à la cave.

Même topo ! Mais pourquoi garde-t-on toutes ces saloperies aussi ? Du bazar jusqu'au plafond. Des clous dans des boîtes, des boîtes dans des caisses. Une demi-mobylette et un quart de 2CV. Mais bon sang, pourquoi le père Raoul entassait ce fatras de bricolo ? Lui qui était dégourdi comme un haut-fonctionnaire devant une génisse qui met bas !

A défaut de trouver une piste, j'aurais fait du propre ! se dit Denise devant son grand feu au milieu de la cour.

In extremis, elle sauve du brasier un petit mot, que son Raoul lui avait écrit, il y a fort longtemps :

Ma Denise, hâte de remonter à passe-le-vent, y chevaucher ma potelée jument.

C'est que c'était un poète le Raoul, un érudit ! Il avait expliqué à la Denise, que les mots *flan* et *jument* sont les deux seuls mots qui riment avec *vent.*

***

Quelques nuits passent. Toujours occupée, une heure durant, par son mystérieux fantôme, Denise n'en dort plus. Elle attend minuit, avec sa verveine, puis passe une heure à analyser le phénomène.

Au début, les coups sont plutôt irréguliers et assez espacés. Puis le rythme s'accélère en se régulant, pour finir par un coup par minute environ. Cela lui rappelle son Raoul, quand il la besognait, si on condense l'heure sur cinq minutes bien sûr. C'est certain, c'est le Père Brugnon qui vient se rappeler à son bon souvenir. Mais pourquoi ?

Au petit matin, elle descend au village en toucher deux mots à l'abbé. Elle le trouve devant l'église, entrain de balayer le perron…

— Père du village, je suis contente de vous trouver là !

— On dit « Mon Père » madame Brugnon. Bonjour ma fille.

— Bonjour pap… mon père.

— Ça fait longtemps qu'on ne vous a pas vu en maison du Seigneur ! sermonne l'abbé. Dites-moi, à quand remonte votre dernière visite? Depuis….

— Je ne sais pas… Mon baptême ?

— Ah oui quand même ! Qu'est-ce qui vous amène alors? Vous semblez bien inquiète.

— Voilà, je crois que mon Raoul, tout du moins son esprit, passe me réveiller toutes les nuits. Il cogne tant qu'il peut en donner, pendant une bonne heure ! Croyez-vous que c'est possible ?

— Je ne vois pas bien ce qui pourrait l'inciter à revenir vous voir ?

— On se passe de vos commentaires l'abbé ! C'est possible ou bien ?

— Je pense que oui. Il est possible qu'une âme, tellement conquise par le paradis, redescende pour convier ses proches à se rapprocher de l'église. En les invitant à prier le Saint-Esprit par exemple.

— Mon Raoul au paradis ? Bin mon vieux, la place n'est pas chère !

— Vous dites ?

— Non rien, continuez mon père.

— Ce soir au couché, priez pour que l'âme de Raoul retourne en paix. Récitez trois *Pater-Noster* et douze *Ave-Maria.* Vous terminerez par chanter un *Ave-Gloria* de l'évangile selon Saint Luc. Le tout en latin, avec bible et chapelet en mains. Cela rendra louange à la Sainte Trinité et ne vous fera pas de mal. Allez en paix ma fille… Amen.

Désemparée, Denise redescend du perron en ruminant…

— Qu'est-ce qu'il me raconte le cureton ? Un chapelet ? De saucisses ! Réciter quoi ? A part la recette du boudin au Cognac, je ne connais pas bien grand-chose à réciter par cœur moi. C'est ballot, je crois avoir vu une bible dans mon feu de ce matin. Quelle gourde !

***

Au matin du lendemain, en buvant son café-Armagnac – elle ne le digère pas sinon – Denise voit tout un tas de gens qui se massent dans la cour. Une espèce de procession de farfelus. Un chevelu, en tête de cortège, porte une grosse croix en bois.

— Bin par hasard ! Qu'est-ce que c'est que tous ces zigotos ? Un pèlerinage de gens du voyage ? s'interroge Denise en sortant sur le pas de sa porte, marteau qui fait pas mal à la main. Qu'est-ce que vous voulez les manouches ?

— N'ayez crainte, nous sommes les Marcheurs de Dieu. Nous venons vous voir Sainte Denise. Nous avons entendu dire que vous avez le pouvoir de parler aux esprits ; le don divin de convoquer les morts ! Nous venons en disciples pour nous recueillir, prier et chanter avec vous. Mes Frères, chantons l'*Ama Deus* pour cette élue du seigneur, notre Mère à tous !

— Non mais oh ! Pourquoi pas votre « mémé » tant qu'on y est ! Vous m'avez prise pour Bernadette Soubarous ? Foutez-moi le camp jusqu'à Lourdes !

Et alors que la troupe entame un magnifique chant, en canon, sur trois demi-tons diatoniques à la quinte juste, la Denise s'énerve de plus belle :

— Arrêter de brailler comme ça ! Vous faites peur aux poules ! Elles vont m'en chiasser de partout ! Tirez-vous d'ici les sent-la-pisse ! Ah il est beau le secret de la confession ! Il va m'entendre l'abbé !

***

Le lendemain en fin d'après-midi, une 4L bleue se gare dans la cour, deux gendarmes en descendent…

— Madame Brignan bonjour. Capitaine Bernard de la gendarmerie d'Annecy. Le Maire de Besogneux-le-Bougre nous envoie enquêter sur cette histoire de fantôme.

— La madame, c'est *Brugnon* et le village c'est *Besogneux-le-Bourg*. Ça commence mal votre histoire.

— Pardon, c'est à cause du caporal José, il écrit comme un pied. Nous venons pour écouter ces fameux bruits, en faire rapport et peut-être trouver une cause à vos soucis. Pouvons-nous entrer?

— A 19h ? C'est à minuit que se passent les phénomènes, vous m'en faites de beaux, tient ! Pourquoi le Maire vous envoie d'abord ? Je ne lui ai encore rien dit à ce fainéant.

— C'est que, hier, vous avez abimé l'un des Marcheurs de Dieu ! explique le gendarme, la Sœur Marie-Odette est allée se plaindre en mairie.

— Elle voulait me baiser les pieds cette tarée ! Bim, un coup de marteau ! Mais il ne fait pas mal je vous rassure. Bon en attendant minuit, qu'est-ce que je vais faire de vous moi ? Vous avez soupé ?

— Oui, oui, merci.

— Bon et bien un petit digestif alors ? Allez, asseyez-vous dont qu'on boive un canon. Ça nous occupera la bouche.

— Non merci, pas pendant le service.

— Vous n'êtes pas en service là, puisque vous attendez minuit ! Buvez moi ça, c'est de la verveine maison.

— Juste un verre alors ! remercie le gendarme en buvant une gorgée. Ah oui, elle est fameuse votre verveine !

— Ne mentez pas, elle n'a aucun gout. Mon verveinier n'a pas fait de feuille cette année. Maudite sècheresse !

— Ah mince, et vous avez remplacé les feuilles de verveine par… ?

— Rien du tout… répond Denise qui boit sa gnole d'un cul-sec. Allez mes connards, basculez au lieu de poser des questions ! Je sors les cartes, on ne va pas passer la nuit à se faire des politesses…

Quand soudain [Boum] [Boum]

— Note vite José ! ordonne le capitaine, constatation des premiers coups à 19h10 !

— Posez ce stylo et reprenez votre verre José ! dis Denise, ça c'est Loiseau qui cogne à la porte !

— L'oiseau ?… Comment un oiseau peut-il…

— Qu'est-ce qu'il veut le père Loiseau ? invective Denise en ouvrant la porte.

— J'ai vu une voiture de poulets monter par le chemin. Je m'inquiétais, tout va bien ?

— Oui, oui... Regarde si ils vont bien mes gallinacés, à attendre de quoi noter des trucs. Et pour une fois, tu tombes bien Loiseau ! Il nous manquait un troisième volatile pour la coinche. Entre vite, je te paye une verveine.

— Ahh comment résister à la fameuse verveine à la Denise ? Subtil mélange d'eau de vie et d'alcool à brûler !

— Ta gueule ducon.

A l'aube, les gendarmes s'en vont tant bien que mal. Sans rapport d'enquête puisqu'ils ont oublié d'enquêter. Enchainant verre sur verre, tous sont ivres morts, personne n'a rien entendu cette nuit-là.

—N'oublie pas ton képi Bernard ! articule Denise, que les poules vont y chier dedans… ah trop tard !

— Merci la D'nise, on reviendra enquêter un de ces jours ! bafouille le capitaine qui s'enfonce le képi sur le crâne en rentrant dans la 4L

— Roule doucement mon José, hein ! supplie Denise, y'a souvent ces cons de flics sur la grande route. Et fais-moi sonner deux fois quand vous êtes arrivés, que j'm'inquiète pas.

— Ça marche ma Denise, mais tu as un téléphone ?

— Ah non ! Bon et ben revenez à l'occasion boire un coup et me dire si vous êtes bien arrivés. Bonne route les enfants !

— Oooh ! Revenez ! On n'a pas fini le vinaigre…! s'égosille Loiseau, fin bourré.

— Rentre chez toi le piaf ! Ne gerbes pas là bon sang ! Tu vas me saouler mes poules !

***

Au matin du dixième jour, Denise est de plus en plus fatiguée par cette situation, même si les bruits lui font moins peur à présent.

— J'ai essayé la curaterie, je vais essayer la diablerie. Il y a un vieux sorcier, vers les marécages, peut être aura-t-il une idée. J'y vais de ce pas.

Arrivée à la cabane, poussant la porte entrouverte, Denise hèle…

— Il y a quelqu'un dans cette canfouine ?

— Entrez dame Briguon, je vous attendais. Répond le sorcier, assis au fond dans le noir.

— On dit Brugnon ! corrige Denise, comme la pêche, mais en lisse et brillante, comme moi, c'est pas compliqué bondjou ! Vous m'attendiez dites-vous ? Vous êtes devin en plus d'être sorcier ?

— Non, non, c'est juste que votre histoire commence à faire du bruit dans le canton. Et ce genre d'histoire finit toujours par me créer visite.

— Très bien, je n'ai pas besoin de vous expliquer la situation alors. Croyez-vous que cela peut être mon défunt Raoul qui est revenu m'emmerder ?

— Je ne pense pas, cela ressemble plus à un esprit frappeur ! L'esprit de quelqu'un habitué à donner des coups. Je vois, dans les mouvements de mon pendule, quelqu'un qui aurait été… assassiné !

— Ah, v'la autre chose !

— Auriez-vous tué quelqu'un par le passé ? Un amant jaloux ?

— Un amant ? Mon p'tit bonhomme, vous n'êtes pas devin en effet. Il y a bien eu cette fois avec le père Loiseau. Mais il est coriace le bougre, il a juste fait trois jours de coma.

— Ou alors un animal ? Tué sans bonne raison ?

— Le civet fait-il partie des bonnes raisons ?

— Oui, oui ! Et puis l'esprit frappeur d'un lapin, même adulte, ne ferait pas tant de bruit.

— Alors peut-être Coud'bouc ? Mais c'est vieux cette histoire.

— Coudouc ! C'est quoi ça ? s'étonne le sorcier.

— Coud'bouc notre bélier ! Le Raoul et le bélier n'ont jamais pu se blairer. Ils ne se parlaient qu'à coups de pelle et à coups de cornes. Jusqu'à ce malheureux coup de pelle fatal. Vous croyez vraiment que c'est Coud'bouc qui vient se venger tous les minuits ?!

— Le pendule semble le confirmer en tout cas ! Avez-vous enterré ce bélier hanté ?

— En T, c'est-à-dire ? Les pattes en croix ? Vous croyez que je n'avais que ça à faire de plier le bélier ?

— Mais non gourdasse ! L'avez-vous enterré ? A six bons pieds sous terre ?

— Enterré ? Je dirais plutôt enterriné !

— Enterriné ? C'est quoi ça ? demande le sorcier.

— Dix heures de cuisson avec des oignons et du vin blanc. Bien tassé dans des bocaux. En terrine quoi ! Quand on a bien faim c'est mangeable. Je les vends 5 francs ! Je vous mets deux bocaux de côté ?

— Heu... ! Non merci. Bon, écoutez-moi, tueuse de bouc. Il va falloir exorciser tout ça, sinon ça n'arrêtera jamais.

— Exorciser ! Vous n'allez pas me faire chanter des trucs vous aussi ?

— Non, il faut du concret pour chasser l'esprit du malin. Ce soir avant minuit, vous allumerez 13 bougies disposées à chaque ouverture. Vous accrocherez des gousses d'ail à vos lustres. Répandez du sel sur tous vos sols et frottez vos vitres avec du vinaigre. Blanc ou rouge peu importe. Du blanc c'est mieux, pour les chiures de mouches. Enfin baste. Vous avez tout saisi ?

— Ca va sentir la sauce de salade votre histoire ! Et la moutarde, je la mets où ?

— Taisez-vous fille de Satan ! A minuit vous devrez clamer haut et fort : *Ô toi fantôme du néant. Esprit du mal. Toi, Coudboul... Coudoubl... Toi bélier satanique, retourne en enfer et reste-z-y pour l'éternité !* Cela devrait suffire.

— Ah oui ! Quand même ! Vous pouvez me l'écrire votre charabia ?

— Oui voilà. Et j'y ajoute mon prix : 75 francs ; en liquide s'il vous plait.

***

Le lendemain matin, alors qu'elle se débarrasse des rideaux et des coussins qui ont cramé pendant la séance d'exorcisme, Denise s'agace…

— Quelle godiche aussi ! J'avais oublié qu'il n'y a que de la gnôle dans ces foutues bouteilles de vinaigre.

C'est alors que rentre dans la cour, un petit groupe de gars, tout de noir vêtus. Certains ont un anneau dans le nez, d'autres de grandes capes arborant têtes de mort et croix renversées. Tous ont le teint pâle et le cheveu sale.

— De mieux en mieux, quelle est cette secte de clodos encore ? C'est pour quoi… ? demande Denise inquiète.

— Nous vous saluons fille de Lucifer ! s'exclame le plus grand des couillons. Nous sommes les antéchrists d'Ezekiel. Vous qui communiquez avec les diables, qui ordonnez aux démons, nous voudrions simplement apprendre de vos connaissances et participer, ce soir, à vos échanges avec le fils de Belzebuth. Avec qui, parait-il, vous entérinez des accords sataniques ! Je veux parler du grand, du maudit, du démoniaque… Coud'coud !

Mais tirez-vous bande de pelle-à-chier ! C'est ce con de sorcier qui vous a raconté ces âneries ? Le seul échange que vous aurez avec Coud'bouc, ça sera en tartine sur du pain. C'est 5 francs le bocal. Sinon cassez-vous ou j'appelle Bernard et José !

Après moult discours sans queue ni tête et avoir vendu pour 50 francs de terrine, Denise n'en peut plus de tout ce cirque...

— Allez ça suffit, demain je descendrai voir ce faignant de Maire. Il trouvera peut-être une cause à ces bruits de malheurs…

***

Sur le chemin de la mairie, elle voit bien que les gens la regardent comme une folle. Elle entend des murmures et des conciliabules : *C'est la Bougon, elle parle aux fantômes.* Ou *La pauvre elle était déjà tordue maintenant elle est bonne pour l'asile.* Les enfants chantent sur son passage : *La Bougon a pété les plombs… Mère Brugnon pourrie du trognon.*

Si elle avait le temps, elle aurait pris celui qui chante aiguë pour cogner sur ceux qui chantent faux. Elle entre sans frapper dans le bureau du Maire et lance…

— Père Maurin ! Entre vos moments à ne rien faire et les moments à ne pas faire grand-chose, auriez-vous un moment plus tranquille à m'accorder ?

— Commencez par m'appelez Monsieur le Maire ! Je ne suis pas votre tonton et on n'est pas dans votre ferme ici madame Brugnon !

— Excusez-moi, vous n'êtes pas sans savoir que je fais des petites nuits en ce moment. Entre les visites des christiques et des gothiques, les quantiques de l'abbé et les recettes de l'exorciste, je suis un peu à cran.

— Oui, on ne parle que de ça au village ! Comment ça va ces phénomènes mystérieux ?

— Ils vont bien merci, ils sont toujours là ! Sinon, ça vous embêterait d'intervenir et de venir en aide à votre plus haute administrée ?

— Plus haute administrée ?!

— En terme d'altitude oui.

— Ah oui… Bon comment vous aider ?

— Je ne sais pas, commencez par une expertise. Vous aimez bien les expertises. Quand il s'agit de ma fausse septique qui, soit disant, débordait dans la rivière, vous les aviez trouvés les experts !

— Pas faux. D'ailleurs, l'un deux est toujours en arrêt maladie. Comprenez qu'à présent, j'hésite à vous en envoyer des experts.

— Une petite nature cet expert. Une heure fermé dans la fausse à sceptique et il en ressort tout malade, beauseigne. Il n'avait pas à dire que ma fausse était pleine - *comme si les 150 habitants du village étaient montés chier dedans !* Bon revenons à nos moutons…

— En parlant de mouton, c'est quoi cette histoire de bélier ? demande le Maire. Si c'est lui qui cogne dans vos murs, vous n'avez qu'à l'attacher.

— Non mais ce n'est pas ça…

Denise est interrompue par quelqu'un qui entre en frappant à la porte. C'est l'adjoint …

— Excusez-moi Monsieur le Maire, je vous remets juste le rapport concernant l'arrosage automatique des ornements.

— Ah oui merci. Alors comment ça marche ce redémarrage ?

— Ma foi, petitement, c'est que la conduite d'eau est tellement vieille ! souffle l'adjoint.

— Pfff, connerie d'arrosage automatique ! coupe Denise. Pour dix géraniums qui ne tiennent pas debout et un thuya tout jauni à force de servir de pissotière : vous parlez d'un ornement ! Même le rosier sans rose de la mère Crouzy est plus joli, c'est dire.

— Vous dites madame Brugnon ? s'étonne l'adjoint.

— Je dis, que de mon temps, un arrosoir et un peu de courage suffisaient. Si c'est l'arrosoir qui vous fait défaut, j'en ai un pas lourd à pas cher. Mais finissez l'adjoint, qu'on revienne ensuite à mon sujet.

— Oui, je disais donc, que la conduite qui descend de la source n'a pas servi depuis longtemps. Elle est percée à plusieurs endroits. Pour l'économiser et utiliser moins d'eau, j'ai fait mettre un minuteur sur la vanne. Une merveille de technologie. On peut programmer différentes plages horaires de travail. J'ai réglé pour une heure d'arrosage seulement.

— Ah oui, la même plage de travail que vous en somme ! résume Denise. Et combien ça coûte votre affaire ? Parce que mon arrosoir je le fait à 5 francs ! Il est automatique également, suffit juste de trouver un bonhomme à mettre au bout de la anse.

— Taisez-vous madame Brugnon ! De quoi vous mêlez-vous ? Vous ne faites pas parti du conseil municipal que je sache ! Continuez mon cher.

— Le problème c'est que les fuites forment, par intermittence, des grosses bulles d'air, qui remontent violement tout le long de la conduite.

— Est-ce bien grave ? Elles remontent jusqu'où ces bulles ? questionne Monsieur le Maire.

— Dans certains cas rares, cela peut entraîner des ruptures de colonne. On appelle ce phénomène de surpression des « coups de bélier ». Lorsque l'eau coule, de minuit à une heure du matin, il est possible que ça fasse pas mal de bruit là-haut, à la source de Passe-le-Vent. Mais rien de bien méchant.

A ces mots, Denise, les yeux écarquillés, explose de rage et bondit de sa chaise…

— Je vais t'en fournir moi, des coups de bélier ! Rien de bien méchant, qu'il dit en plus ! Avec toutes ces dents dehors. Fumier, je vais te tuer ! hurle Denise, folle de rage en sautant à la gorge de l'adjoint au Maire !

Extra-civilisation

Quand je reprends mes esprits, je comprends tout de suite où je me trouve. Mes sœurs m'ont ramenée dans ce dortoir immense. Me voilà revenu dans ce triste couvent, cette cathédrale de couloirs interminables.

Ce matin ma tentative d'évasion n'a pas fonctionnée. Frêle et pas bien grande, j'ai bien failli me noyer en traversant l'étang. Retour à la case départ.

Ce n'est pas qu'on y est mal ici. Mes bonnes sœurs et moi y sommes logées et nourries à l'abri du regard des curieux. Mais que la vie est triste et routinière dans ce labyrinthe sombre et lugubre où s'enchainent les processions silencieuses.

Ce silence permanent est si pesant sous notre grand dôme. Les journées sont identiques à celle d'hier et sans nul doute à celle de demain. Seul la mère supérieure semble bienheureuse à couver ses filles ; comme une mère poule couve ses poussins.

Il est vrai que nous sommes toutes ces filles. Nous lui devons respect et servitude. Mais un peu d'animation, de couleur et de gaité ne feraient pas de mal à cette abbaye où l'on tourne comme des abeilles sans aile.

Encore que moi j'ai de la chance, je suis préposée au potager. Activité qui, bien qu'épuisante, me permet de me dégourdir les pattes.

Tous les matins nous formons file indienne avec mes sœurs. Nous marchons en cortège jusqu'à cet immense jardin. Nous avons tant parcouru d'aller-retour entre la récolte et le garde-manger que le chemin en est tout creusé. Quelle tristesse !

J'aimerai tellement aller voir plus loin. Suivre un sillon qui mène vers un autre univers. Même si les sœurs supérieures nous ont prévenu que le monde extérieur est dangereux et interdit !

Soit disant que nous sommes trop insignifiantes pour ce globe immense. Que des monstres nous mangeraient toutes crues ! Que des mâles nous feraient du mal. La belle affaire ! Elles ne savent plus quoi nous raconter pour nous garder ici, à vivre cette vie austère et ascétique.

On ne voit jamais d'homme ici. Il y a bien quelques pères qui passent de temps en temps rendre visite à la reine mère où à l'une des sœurs ; mais ils disparaissent aussitôt leurs visites terminées.

Finir ma vie ici dans les ordres ou ailleurs en désordre ? J'ai fait mon choix.

Je retente une évasion. J'ai tout un monde à découvrir !

Nous sommes si nombreuses en ce lieu, toutes de noir vêtues, toutes identiques. Ce n'est pas ma disparition qui va changer quoi que ce soit à cette organisation monacale.

Pas un nuage en vue et le soleil est encore haut, parfait. Je choisirai meilleur échappatoire cette fois ci.

Allez c'est parti ! Je file à toute allure par le chemin du potager ; lui je pourrai le parcourir les yeux fermés.

Je croise des sœurs, trop occupées à leurs taches, elles ne me remarquent même pas.

La clôture est si haute que je me faufile dessous sans même devoir baisser la tête. Je prends par la droite. Je sais qu'à gauche il y a ce satané étang

Les arbres lisses et droits semblent faire une haie d'honneur à mon échappée sauvage.

Ce tronc couché me permet de monter sur une curieuse surface lisse. Enfin de la couleur ! Comme un tapis de carreaux rouges et blancs, à perte de vue. Je continue, toujours tout droit. Je m'autorise quelques glissades sur cette esplanade cirée. Je suis si heureuse.

J'arrive devant une passerelle d'argent qui monte je ne sais où. Il faut que je sache ce qu'il y a tout là-haut. J'empreinte doucement cette rampe étincelante. Polie comme un miroir, j'y vois pour la première fois mon reflet. J'aime bien ma tête toute rondouillette et mes grands yeux noirs.

Parvenue au sommet, je découvre une immense plaine d'un blanc éclatant : comme un lac de glace brillante et douce. J'y pose timidement un pied, puis l'autre. Je reprends ma course ; surexcitée par mon aventure.

Qu'elle est cette blancheur immacul...« Paf, dégage de mon assiette saloperie de bestiole » dit un campeur en écrasant la fourmi d'un coup de cuillère.

La morale de cette histoire ? Je ne sais pas.

Faut-il préférer l'immobilisme sécuritaire aux dangereuses explorations ?

Sommes-nous uniquement fascinés par les choses plus grandes que nous et désintéressés par les plus petites ?

Peut-on comprendre ce qui nous entoure sans observer à la bonne échelle, ni multiplier les points de vue ?

Dernier tour

— Trop bien ce vaisseau spatial papa ! Mais il ne tourne pas quand je bouge le volant.

— Normal ma chérie ! Regarde le volant de mon côté, même si je le tourne, on file bien droit. Les manèges, c'est pour de faux !

Je m'appelle Yana, et aujourd'hui papa nous a emmenés faire du manège avec mon grand frère Eldar. Maman n'était pas trop d'accord. « Faites attention et ne touchez à rien ! » nous a-t-elle dit comme bien souvent.

Papa connaît bien les gens d'ici, ce qui nous a évités de faire la queue pour prendre l'escalier. Au début du tour, nous étions sur les sièges arrières avec mon frère. Mais une fois lancés, j'ai pu prendre la place de devant comme une grande. Ça n'a pas bien duré...

—A moi Yana, tu as assez conduit, je prends ta place ! insiste mon frère Eldar.

Je passe sur le siège arrière, à côté de Grincheux qui me demande d'attacher ma ceinture. Je l'appelle Grincheux car je ne le connais pas et qu'il n'est pas content qu'on passe devant avec mon frère. Il a déjà manœuvré au début, chacun son tour après tout !

— C’est trop bien fait les effets spéciaux papa !

Je ne suis pas grande. De ma place arrière, je ne vois pas entièrement le grand écran entre mon frère et papa. Mais il affiche un beau ciel bleu et des nuages qui filent à toute allure.

— Ah chouette, on tourne enfin !

Mon frère c’est le plus fort ! Il a réussi à tourner ce volant bizarre.

— Pourquoi il tourne ? s’interroge Grincheux.

De quoi il s’occupe lui ? S’il y a deux volants dans cet engin, ce n’est pas pour rester tout droit. Super, on va faire des virages !

— Je ne sais pas pourquoi il tourne ! répond papa, agacé.

Il tourne parce que mon frère est aux commandes, c’est le meilleur, voilà tout !

— A gauche ! s’énerve l’homme encore plus grincheux.

— Oui, à gauche ! Fais des zigzags Eldar ! criais-je en levant les bras.

— Non, non… Vire à droite !

Le Grincheux a l’air d’accord avec moi, il veut s’amuser à pencher d’un côté puis de l’autre. Mais pourquoi il crie comme ça ?

— Plein gaz bon sang ! s'exclame papa.

— Oui papa, à fond, à fond la caisse !

— Pas assez de puissance, il faut descendre ! ordonne Grincheux.

Ah non pas maintenant ! On ne va pas descendre du manège alors que ça devient rigolo ! Je me sens décoller du siège ; puis parfois lourde comme écrasée par un éléphant.

Grincheux, maintenant tout blanc, s'énerve de plus belle :

— Lève-toi, lève-toi… Descends Eldar, je prends ta place !

S'il veut conduire il n'a qu'à le demander gentiment cet impoli. Il n'avait qu'à monter dans le tour suivant s'il n'est pas content.

Papa pleure, il semble vouloir arracher le volant à tirer dessus comme ça.

Je ne comprends plus rien, c'est quoi tous ces bipbip, toutes ces lumières qui clignotent ?

Où sont passés les nuages dans l'écran, il n'affiche plus que des arbres ? Nous penchons tellement en avant maintenant !

Mon frère me regarde comme paralysé. Puis le manège s'éteint. C'est la dernière chose dont je me souvienne. J'aimerais revoir maman…

L'Airbus A310 touche le sol, tuant tous ses passagers.

A savoir : Le 23 mars 1994, l'Airbus A310 vol 593 s'écrase au sol. Les 63 passagers et 12 membres d'équipage sont morts dans l'accident. Le commandant, Yaroslav Kudrinsky, fier de montrer son travail, a autorisé ses enfants à entrer dans le cockpit. Son fils de 15 ans, sur le siège du copilote, a alors inconsciemment désactivé le pilote automatique en forçant sur le manche.

Fin de course

Le soleil est déjà bas sur l'horizon. Un fragment de boulet a déchiré mon poitrail, je perds du sang mais pour l'instant ça va. C'est surtout cette lourde chute qui m'a fait mal. Tous ces kilos d'harnachement qu'il faut trimballer ! Paturon et canon brisés, il va être compliqué de défendre notre pré-carré.

Je me relève péniblement. Quelle pagaille sur ce champ de guerre où le brouillard se mêle à la fumée.

Mon capitaine est à terre, inconscient. Gédéon, mon partenaire de la garde Impériale, est debout, sonné, mais il n'a pas l'air blessé. Par contre, je ne vois plus le sergent Gaudin. Il y a tellement de fumée ! On aurait des œillères que ça ne serait pas pire.

Plus loin, notre porte drapeau est à terre, personne n'ose prendre la relève. Les fantassins courent aussi vite que la cavalerie, du moins ce qu'il en reste. Mes conscrits des autres corps sont tout aussi perdus et galopent en tous sens. Ceux de l'infanterie n'ont plus de message à transmettre et ceux de l'artillerie n'ont même plus de canon à tracter. Les tambours se sont tus. Quelle débandade !

La douleur me sort de ma contemplation, il faut agir ! Il faut sauver le capitaine. C'est un bon gars, un peu lourd, souvent tendu mais aux ordres toujours clairs et polis. Pas comme certains, à hurler des onomatopées à coups d'éperons ! Tout le régiment est persuadé qu'il a un grand avenir dans le commandement militaire, et peut être plus encore.

Malgré la douleur, j'attrape le capitaine en serrant les dents. Je parviens à monter le pauvre homme évanoui sur le dos de Gédéon. On ne peut se parler mais il a compris sa nouvelle mission : ramener le capitaine au camp, et au plus vite !

Je me retrouve seul et sans ordre. Si je reste entre ces collines, je vais finir par prendre un boulet entre les oreilles. Je dois prendre des initiatives ! Essayer de trouver le sergent, mais surtout rentrer au campement. Pour prendre une avoine, peut-être, mais surtout me faire soigner. Si toutefois, je parviens à rejoindre mon maréchal.

Ma bride me fait souffrir. Satané holster si lourd à porter, si seulement je pouvais m'en défaire. Abandon d'arme en battant retraite, ce n'est pas très glorieux.

Sur le chemin, j'aperçois un gars de la cavalerie à pied. Il a l'air si désemparé sans sa monture. Je boite et je perds du sang mais j'aimerais le ramener avec moi. Comme une dernière mission, je m'approche de lui à petite allure défectueuse.

A bout de souffle, je m'écroule à ses pieds. Obligé de m'allonger sur le flanc, je sais qu'il ne faut pas, mais la douleur m'épuise. Je crois que c'est lui qui va me venir en aide finalement. Mon esprit m'échappe.

Je pense à mes deux frères. Ils sont tranquilles, au calme à la préfecture, à conduire berlines et cabriolets. Je pense à ma cousine, toujours en robe, Isabelle, qui travaille dur aux champs mais au moins elle ne risque pas de prendre une balle. J'espère qu'ils sont fiers de moi.

Le cavalier ausculte ma blessure. Je le reconnais ! C'est le sergent. Je l'ai retrouvé ! Il a l'air en forme, pour un soldat désorienté comme dans un manège. J'aimerais retrouver le mien.

Je voudrais lui annoncer que son fidèle Gédéon et le capitaine vont bien. Qu'ils sont certainement arrivés au camp maintenant. Sa main sur mon cou, le sergent observe ma robe alezane, devenue garance comme son pantalon, puis murmure :

« Ça va aller Luzerne »

Entendre mon nom m'apaise.

En sentant son canon froid sur ma tempe, je ferme les yeux.

Je n'ai jamais entendu le coup de feu qui m'a abattu.

Que les champs soient de guerre ou de course, personne ne laisse jamais souffrir les chevaux très longtemps.

Mots clés: Harnachement / Paturon, canons (os de jambe du cheval) / pré / Œillères / Galope / Onomatopées (hue, ho) / Eperons / Avoine / Maréchal (ferrant) / Bride / Allure défectueuse (marche de cheval blessé) / (Berlines, Cabriolets (véhicules hippomobiles) / Robe Isabelle, robe alezane (couleurs de chevaux) / Manège

Journée d'échanges

Monsieur Paul, assis dans un fauteuil près de la piscine, fouille dans sa veste. Il sursaute lorsque Léon se présente face à lui. Même Tigo, assis à ses pieds, ne l'a pas entendu arriver.

— Ah mon cher Léon ! Toujours aussi discret. Asseyez-vous ! Aujourd'hui c'est moi qui sers le thé, exigea monsieur Paul en posant sa veste sur le côté.

— Bonjour monsieur Paul. Donnez-moi la théière, je vais m'en occuper.

— Laissez-moi faire ! C'est la première et dernière fois que je vous sers. Profitez de ce moment !

— La dernière fois Maître ?

— Vous n'avez plus à m'appeler Maître. Appelez-moi simplement Paul puisque c'est mon nom.

— Cela va être difficile, depuis tant d'années à vous servir.

— Eh bien c'est du passé. Aujourd'hui est un grand jour, n'est-ce pas ? Nous déboucherons une bonne bouteille de champagne pour fêter votre retraite bien méritée. Votre épouse ne vient pas ?

— Non, elle préfère nous laisser entre hommes. Mais elle me charge de vous remercier pour votre cadeau.

— C'est mieux ainsi. Et pour le cadeau, j'ai pensé qu'une tenue de bain serait idéale, pour les jours où elle viendra profiter de cette piscine.

— Elle n'osera pas Maître, mais... C'est mieux ainsi dites-vous ? s'étonna Léon.

— Elle osera, vous verrez. Et ne m'appelez plus Maître je vous en conjure.

— Pardon, trente années d'habitudes à vos côtés ne vont pas s'effacer si facilement, j'en ai peur.

— Vous allez les perdre et en gagner de nouvelles, croyez-moi. Dites-moi, ai-je été bon employeur au moins ?

— Pour sûr, cela a été un plaisir d'être votre homme de maison. Quel meilleur endroit pour travailler ! Moi qui ne savais rien faire, j'ai tellement appris de métiers ici : jardinier, maçon, couvreur, serviteur, plombier, chauffeur, palefrenier et j'en passe ... Si seulement, je pouvais vous remercier.

— Ce serait à moi de vous remercier Léon. Comment aurais-je fait sans vous ? Tant d'années ont passé. Nous ne sommes plus les jeunes coqs d'antan vous et moi, n'est-ce pas ?

— Parlez pour vous ! Vous étiez jeune coq fier et beau, alors que moi j'étais plutôt vieux poulet démembré. Même si vous étiez plus âgé que moi.

— Je vous rassure, je le suis encore, rigola monsieur Paul, et j'ai même l'impression d'avoir vieilli plus que vous mon cher. Mes forces ont foutu le camp avec mon énergie et ma mémoire. Cette vie oisive vautré dans la luxure m'a abîmé vous savez.

— Tout cet argent si jeune, cela n'encourage pas au travail, c'est certain. Je ne sais pas d'où vous teniez cette fortune, mais vous ne l'avez pas volée et sans aucun doute bien méritée.

— Méritée ? Fortune faite sur un choix, une décision prise au milieu d'un concours de circonstances. Je ne sais pas si on peut la considérer comme méritée.

— En tout cas, vous en avez fait bon usage. Puisque j'ai nourri ma famille grâce à vos salaires, plus qu'honorables par ailleurs.

— J'aurais pu faire mieux ! Mais soit, ce qui est fait est fait. Vous souvenez-vous de notre rencontre Léon ?

— Comme si c'était hier ! Je vous revois, passer la porte de ma chambre. Quel savon je vous ai passé ce jour-là, je vous avais pris pour un docteur !

— Exact ! s'esclaffa monsieur Paul, vous pensiez que je venais vérifier votre « saloperie de prothèse » comme vous disiez à l'époque.

— Oui, quel malentendu ! Je ne supportais plus les défilés de médecins. Tous ces modèles de prothèses, toutes aussi mal fichues les unes que les autres. Les progrès dans ce domaine ont été considérables. Si bien que j'ai fini par m'y faire à cette satanée jambe de bois. Il m'arrive même de me la gratter aussi bien qu'une vraie !

— Tant mieux, mais mettez-vous à l'aise quand même. Otez votre jambe, je vous en prie.

— Je ne me permettrais pas ! Ce n'est pas un spectacle que j'aime donner. Surtout avec vous en spectateur.

— Allons, Allons! Même si elle ne vous a jamais empêché de travailler, je sais bien qu'elle vous fait souffrir à la mi-journée. Je vous ai souvent aperçu vous en défaire, derrière le cabanon, pendant vos pauses. Vous n'en avez pas besoin pour trinquer, si ?

— Juste un instant alors. J'avoue que ça ne me fera pas de mal, souffla Léon en posant sa prothèse contre la table.

— Quel terrible accident quand même, s'attrista monsieur Paul.

— A qui le dites-vous ? Quand j'y repense, maudit jour, maudit moustachu, maudit chiffre 13.

— Rafraichissez-moi la mémoire. Continuez, si cela ne vous dérange pas.

— C'est si vieux maintenant. Je revenais de mon service militaire, sans un sou ni métier en poche. Je me suis arrêté acheter un ticket dans l'espoir de toucher le gros lot. C'était un vendredi 13. A peine remonté en selle, que je vois cet énergumène à moustache et cheveux longs débouler à toute allure. Plus de frein ? Trop picolé ? Je ne sais pas, mais quoi qu'il en soit, il a terminé sa course folle sur mes jambes. Je n'ai rien pu faire. Un gars des Bouches-du-Rhône, j'avais le 13 de sa plaque collé sur le nez. Satané chiffre de malheur.

— Ce sont les superstitions qui portent malheur, pas les chiffres ! corrigea monsieur Paul.

— Et je ne peux même pas lui en vouloir à ce hippie. On m'a raconté que c'est lui qui m'a sauvé la vie en me sortant du brasier.

— Quel choc terrible pour que l'auto s'embrase ainsi !

— S'il n'y avait que l'auto ! Tout a brulé : ma mobylette, tous mes papiers et ma pauvre jambe : en cendres, envolés à jamais. J'aurais tellement aimé retrouver ce type… Je ne sais pour quoi faire ? Me venger ? Le remercier ? Les deux peut-être.

— Le destin, qu'il soit bon ou mauvais, ne nous demande pas notre avis malheureusement, résuma monsieur Paul.

— Destin ? Je dirais malédiction ! Malédiction d'avoir cédé aux sirènes de l'argent facile. Sans ce ticket, rien ne serait arrivé, il a brulé avec le reste et c'est tant mieux !

— Efforçons-nous de voir la chose positivement Léon, voulez-vous ?

— Positivement ? Je ne vois pas comment perdre sa jambe peut être chose positive.

— Je vous rappelle que cette dramatique journée a engendré notre rencontre, des dizaines d'années de salaires et l'ouverture de cette bonne bouteille par exemple.

— En effet, vu comme ça. Où aurais-je travaillé sans notre rencontre ? Sans doute à la charbonnière ou à la gravière, comme les copains. J'ai dû vous faire bien peine sur ce lit d'hôpital, pour que vous embauchiez un borgne des genoux !?

— J'avais mes raisons ! Cette grande maison et ce domaine à entretenir. Les chevaux, le lac, la piscine, les voitures. Que voulez-vous, cela coûte cher d'être riche ! J'ai vu en vous force et vaillance ; et effectivement vous me faisiez un peu de peine, plaisanta monsieur Paul.

— Si seulement, je pouvais vous remercier comme il se doit.

— Croyez-moi, vous m'avez bien assez remercié. Trinquons à cette journée passée à échanger. A votre santé et au bonheur qui vous attend Léon.

— A votre santé Maître, levons nos verres !

— Je vous fiche mon verre à la figure ?

— Pardon, je voulais dire : à votre santé monsieur Paul !

— Bon, et bien à présent je vais me retirer, relance monsieur Paul après un long silence, je vais descendre chercher le repos au petit lac.

— Je vous accompagne ! Vous ne pourrez jamais remonter tout seul. Passez-moi ma jambe s'il vous plait.

— Qui vous parle de remonter ? protesta monsieur Paul en saisissant la prothèse.

— Que voulez-vous dire ? Donnez-moi ma jambe…

— Je vous l'ai dit. Je suis fatigué, je n'ai plus d'ami et les remords me rongent depuis bien trop d'années. Tigo ! Aux pieds mon chien !

— Je ne suis plus votre employé mais je pensais devenir votre ami ! De quels remords parlez-vous ?

— Je ne vous mérite pas en ami, trancha monsieur Paul en plaçant la jambe de bois dans la gueule du chien.

— Qu'est-ce que vous faites ?!

— J'exécute ma dernière décision. Tigo à l'écurie !

— Tigo ! Ma jambe ! Rapporte ! Aux pieds ! Satané chien, reviens-là ! cria Léon en se vautrant au sol.

— Veuillez m'excuser Léon, pour cela et tout le reste. Je pars pour mon ultime baignade. Mes amitiés à votre épouse.

— Restez-là ! Chassez ces idées funestes ! Je ne vous laisserai pas faire !

— Oh si ! Puis-je vous rassurer en vous confessant que j'ai fait consigner ce matin, chez Maître Dumoulin, mes dernières volontés. A l'issue de ma baignade, le domaine et tout ce qui m'appartient sera à vous.

— De quel droit ? En quel honneur ? C'est tout l'estime que vous me portez ! Je vous interdis ! Comment pouvez-vous ?

— Juste retour des choses ! Il aurait dû en être ainsi depuis longtemps. Ma place est dans l'enfer des voleurs et la vôtre dans cette maison du bonheur.

— De quoi me parlez-vous à la fin ?

— Ce n'était pas de cette première rencontre-là dont j'aurais aimé parler aujourd'hui. Pourquoi ne m'avez-vous jamais demandé ce que je faisais à l'hôpital ce jour-là ?

— Que voulez-vous dire ? Expliquez-moi que diable !

— Mon courage, comme tout le reste, a foutu le camp. Ne me reste que la lâcheté de vous tourner le dos.

— Revenez ! sanglota Léon.

— Regardez dans la poche droite de ma veste, vous y trouverez de quoi calmer votre douleur.

— Ne faites pas cela Maître, par pitié ! Sans vous je n'aurais été rien ni personne.

— Sans moi vous dites ? Sans moi vous auriez été… Ne m'appelez plus Maître s'il vous plait.

Léon, ayant péniblement rampé jusqu'à la veste, ne pouvait plus voir s'éloigner monsieur Paul de ce nouveau point de vue.

Il trouva dans la poche un simple petit papier.

Il essuya ses yeux. Quel changement de point de vue en effet lorsqu'il découvrit ce qu'il y était écrit….

« Ce jour, dernier jour où je portais cheveux longs et moustache, mon dernier jour sans le sou, votre ticket de loterie n'a pas brûlé »

Début de règne

Le soleil est déjà bas sur l'horizon. Le sergent Gaudin reprend ses esprits, seul et désorienté. Son cheval a du s'enfuir, étonnant pour un si fidèle destrier.

La fumée l'étouffe, il se souvient d'un coup de canon, d'une explosion et puis plus rien. Il ne semble pas être blessé mais ses oreilles sifflent encore. Son but à présent : rejoindre le camp pour continuer de servir.

Non sans mal, il remonte la colline. Il n'a pas entendu s'approcher ce cheval qui se présente devant lui.

— Mon dieu ce cheval, ce fier navarin alezan, c'est celui du capitaine ! s'écria Gaudin juste avant que le canasson ne s'écroule.

Pauvre cheval, couvert de sang et une patte visiblement brisée. Cela n'augure rien de bon pour le sien, et pour le capitaine.

— Ça va aller Luzerne, murmura-t-il pour calmer le cheval qui peine à respirer.

Son fusil plaqué sur la tempe de la pauvre bête, il est obligé de presser cette foutue détente.

— J'espère que le capitaine est arrivé sain et sauf au camp. Il a de si grands projets, il ne peut finir comme ce cheval !

Il faut que je rentre pour m'en assurer. Sinon je partirai à sa recherche avec quelques soldats.

Une heure a dû passer avant que le sergent ne parvienne au camp. Il passe les portes, épuisé mais rassuré de voir le capitaine.

— Mon capitaine, vous êtes vivant par la grâce de dieu !

— Tout comme vous sergent Gaudin ! Enfin une bonne nouvelle dans cette infernale journée qui se corse d'heure en heure ! Rien de cassé ?

— Ma foi non. Et vous mon capitaine ? Comment êtes-vous rentré ? J'ai trouvé votre cheval plus bas sur la colline.

— Ah quelle brave monture ! Luzerne vous a ramené à bon port !

— Hélas non mon capitaine. J'ai dû le rendre à dieu. Il souffrait trop, mais il est parti dignement comme un fier soldat.

— Maudite bataille, satanés royalistes, foutus anglais. Vous avez bien fait Gaudin. Vous ne pouviez pas sauver tout le monde. Vous avez fait votre devoir, et de moi votre priorité. Merci de m'avoir sauvé la vie Gaudin !

— Comment ça sauvé ?

— Et bien oui, comment serais-je encore vivant si vous ne m'aviez pas installé sur votre cheval pour qu'il me ramène ici ? Dès demain, je demanderai la médaille du mérite pour votre bravoure mon cher.

— Gédéon est vivant ! Mon dévoué cheval est ici ?

— Il m'a ramené tel un sac de betteraves, j'étais sonné et sans grande fierté, mais pas blessé. C'est bien vous qui m'avez installé sur son dos !

— Pas du tout ! Quand je suis revenu à moi, j'étais seul, il n'y avait plus rien ni personne. Hormis de la fumée et des corps.

— Allons bon, qui a bien pu me remettre en selle et qui vais-je décorer moi ?

— Pourquoi pas Gédéon ? Il est seul témoin et acteur de votre sauvetage pour l'instant.

— J'en parlerai en haut lieu, je n'ai pas encore ce pouvoir malheureusement. Mais, sergent Gaudin, à défaut de décoration équine, je donne à Gédéon le grade mérité de monture du capitaine. Je pars le chevaucher de ce pas.

— C'est un honneur mon capitaine !

— Recouvrez vos forces et tachez de trouver le soldat qui m'a remonté sur votre cheval. Je retourne au combat pour chasser ces vauriens de Toulon et bouter ces britanniques hors de notre belle patrie ! Nous fêterons victoire et honorerons nos morts, hommes comme chevaux, au Champ-de-mars à Paris.

— A vos ordres mon capitaine. Prenez soin de Gédéon, aussi bien que, feu, ce bon Luzerne !

— J'en prendrai tout le soin qu'il mérite mon cher Gaudin, parole de Bonaparte !

Si seulement

Perché en haut de l'échelle, je m'applique à repeindre les volets de la maison. Ordre de mon père. Mes parents sont partis au marché de Passau. Cette occupation ne m'amuse guère mais les derniers mots du père me donnent du cœur à l'ouvrage ; « Johan, tu auras quelques pièces en échange de ton labeur »

Il ne fait pas bien chaud en ce début d'automne. J'ai hâte d'en avoir terminé. Les barreaux de l'échelle, éclaboussés de peinture, me font des lignes sur ma chemise. J'imagine déjà mon père m'enguirlander et me traiter de zèbre.

De mon perchoir, je vois un groupe de jeunes jouer en contre-bas. A peine plus âgé qu'eux, j'irai les rejoindre à l'issue de ma corvée.

Pour l'heure, depuis mon mirador d'observation, ce spectacle de cow-boys combattant les indiens me fait un peu d'animation.

Ils sont cinq, âgés de dix ou douze ans. Le plus jeune ne doit pas avoir plus de six ans et le voilà déjà attaché à un arbre. Visiblement c'est l'unique cow-boy du jeu, les autres, tous indiens, dansent autour de leur prisonnier.

Ce petit bonhomme ne se démonte pas, je l'entends clamer haut et fort qu'il est le chef, le commandant. Il gesticule et s'agace de voir les autres lui abîmer son drapeau. Un bel étendard crayonné et peint de sa main. Il a un certain talent de dessinateur ce petit.

Être le plus petit d'une bande de copain n'est pas toujours simple mais forge le caractère.

Voilà pour ce premier volet. Je déplace cette lourde échelle sous la fenêtre suivante. Et d'ici, j'aurai une meilleure vue sur la troupe qui s'est déplacée vers la rivière.

Concours de ricochets à présent. Décidément ce petit est le souffre-douleur de la bande. Je vois bien les autres qui font exprès de lui tirer les cailloux dans les genoux.

Il y a toujours un souffre-douleur dans une bande, le plus petit, le plus gros, le plus gentil, le plus pauvre ou le plus riche. Celui qui est le plus différent des autres en somme. Johan a connu cela, avec son nez et ses oreilles soi-disant de mauvaise taille.

Second volet terminé. Je ferais bien une pose au chaud, j'ai les mains gelées. A peine l'échelle en place que j'entends les rires se transformer en cris, on appelle au secours ! Où sont passés les jeunes ?

Je saute de l'échelle et enjambe la barrière, mon dieu le petit ! Il est dans l'eau, déporté de rive en rive par le courant. Il peine à rester à la surface, il ne sait pas nager !

Est-il tombé ? L'ont-ils poussé ? Les eaux de la Inn sont fortes et froides en cette période, les inconscients !

D'où je me trouve je vais pouvoir l'intercepter au niveau du ponton. Je m'y lance à toute allure.

J'ai du mal à l'attraper. Je m'agrippe à une branche d'une main et de l'autre je l'empoigne par les cheveux. La méthode est plutôt comique, mais c'était la solution finale avant qu'il ne disparaisse à jamais sous les eaux.

Je réchauffe mon rescapé et le porte jusqu'à la maison. Je voudrais sermonner les autres mais ils battent en retraite, les lâches.

— Assied-toi vite près du fournil à pain ! Il est encore chaud de ce matin.

— J'ai tellement froid, sanglote-t-il.

— Je ne vais pas te mettre dans le four tout de même, répondis-je en souriant pour l'apaiser. Bois ce chocolat chaud et prends le temps de sécher.

— Merci, murmure le petit garçon encore violet, papa m'avait bien dit de ne pas jouer avec les grands, ils ne font que m'embêter.

— Tu vas grandir et un jour c'est toi qui embêteras les petits, répondis-je pour lui remonter le moral, tout en réalisant que ma remarque était stupide et sans grande valeur.

Nous avons discuté de tout et de rien : de son père douanier, de sa mère sans métier. De son envie de devenir artiste quand il aura fini l'école. École qu'il aime bien car là-bas, tout y est bien en ordre, me dit-il.

Une fois sec, le garçon repartit un bout de pain à la main.

Je le regardais s'éloigner en remontant à mon échelle, à mesure que mes pensées s'envolaient.

J'ai sauvé une vie aujourd'hui ! Quelle sensation incroyable, quel sentiment de toute-puissance !

Sans moi, la terre perdait un membre. Combien de générations va engendrer ce petit dans le futur ?

J'aime à croire que ce petit deviendra un grand découvreur de vaccin ou un inventeur visionnaire.

Quelque chose me dit que ce petit va réaliser de grandes choses ou être à l'origine de grands événements.

Un rayon de soleil m'illumine, comme si dieu lui-même remerciait ma bonne action. Cela fait naître en moi ma vocation - rentrer dans les ordres - plus tard je serai prêtre.

Alors qu'il était déjà au bout du chemin, je lui criais :

— Au fait comment t'appelles-tu ?

Enrhumé par sa mésaventure il éternue, se retourne, et de sa voix nasillarde me répond…

— Adolf, Adolf Hitler.

Mot clés : Ordre / Occupation / Labeur / Mirador / Prisonnier / Chef / Commandant / Drapeau / Etendard / Troupe déplacée / Déporté / Solution finale / Rescapé / Four / Nasillard

A savoir : Le journal DONAU ZEITUNG DANUBE de 1894 relate qu'un jeune garçon tombé dans les eaux glacées de la Inn a été sauvé par un certain Johann Kuehberger. D'après les récits des résidents de Passau et de Johan, devenu prêtre, les historiens estiment qu'il est très probable qu'il s'agisse d'Hitler.

A deux heures d'imaginer

Il fait beau ce matin, il est 7h30. Naya rentre de son travail de nuit. D'habitude, elle monte se coucher. Mais aujourd'hui elle a rendez-vous en ville à 11 heures, de l'autre côté de la baie. Elle se contentera donc d'une sieste en terrasse, la météo annonce grand soleil toute la journée.

Transat moelleux, lunettes de soleil, Sinatra dans les oreilles pour ne plus entendre le bruit du petit port attenant. Idéal pour une bonne sieste.

Avant de s'allonger, Naya jette un rapide coup d'œil derrière la palissade. Sur la pointe des pieds, elle vérifie que "sa grande statue", comme elle aime l'appeler, est toujours là. Comme si elle pouvait disparaître, pense-t-elle en souriant.

Allongée sur le dos, réchauffée par le soleil, Naya pense à ce fameux rendez-vous avec son banquier, pourvu que cela se passe bien. Pour commencer, il lui faudra trouver le bon bureau. Ils sont tellement nombreux dans ce centre du commerce mondial. Elle râle, effondrée de fatigue.

Deux heures ont passé, l'ombre froide d'un nuage la réveille. Elle sent bien à travers ses paupières que le soleil est bien caché à présent. Comment les météorologues peuvent se planter à ce point ? marmonne-t-elle, ou alors j'ai dormi de septembre à décembre.

De toute façon, il est temps de se lever. La tête engourdie par un sommeil trop profond, Naya rentre se faire un café salvateur. Elle pose ses écouteurs et lunettes de soleil. Quel vacarme cette cafetière ! Un avion au décollage ferait moins de bruit. Au loin, résonnent les sirènes de pompiers, d'ambulances, de police. C'est habituel par ici, mais tellement désagréable au réveil. La journée va être longue, soupire-t-elle.

Soudain son regard se fige. Autant de sirènes, ce n'est pas normal ! Tous les services de secours du pays semblent se jeter, tour à tour, de l'autre côté de la baie, afin d'y pulvériser leurs sanglots.

Et cette odeur ! Une odeur de fumée ? Non de cendres, non de poussière. Il se passe quelque chose de pas normal, proteste-t-elle en sortant sur la terrasse.

Elle n'avait pas remarqué, mais le ciel si bleu de ce matin est devenu plafond sale et épais. Ce n'est pas un nuage, ni même un orage. Il fait si sombre, comme lors de cette incroyable tempête du désert, lorsqu'elle était allée voir sa famille à Kandahar.

Pas chez nous, c'est impossible ! s'effraie-t-elle, en se rapprochant doucement de la palissade.

Elle avance hésitante, angoissée par ce qui se trame derrière ce cache misère de vieilles planches. Un bateau qui brûle ? Un ouragan qui arrache les plages de la marina ? Une guerre nucléaire ?

Elle ne sait plus quoi envisager tant il règne une atmosphère plombante. Le bruit est devenu sourd, les sirènes semblent étouffées comme des fourmis ensevelies sous leur terrier écroulé.

Comme si la planète elle-même s'était arrêtée de tourner pour laisser les badauds regarder.

Naya agrippe la palissade en montant lentement sur la pointe des pieds.

Effarée par ce qu'elle voit devant-elle, là-bas, à une dizaine de kilomètres. Là où elle devait justement se rendre. Elle frotte ses yeux troublés de larmes, elle ne peut y croire. Comment peut-elle être à la fois si proche voisine et si lointaine ignorante ?

Tétanisée par ce qu'elle ne voit plus...

«Les Twins, où sont les deux tours ! Mon dieu, c'est impossible» s'écrie-t-elle en forçant son regard plus à gauche, comme pour quitter ce cauchemar.

Sa grande statue est toujours là. La dame, d'habitude de fer, semble pleurer. Tant il lui est difficile de lever sa flamme face à un tel chaos.

Quelques mots clés : 11 / Bureau / Centre du commerce mondiale (World Trade Center) / Effondrée / Septembre / Avion / Sirène / Pompiers / Jeter / Tout à tour / Pulvériser / Fumée / Cendres / Tempête du désert (opération militaire américaine) / Poussières / Ensevelis / Ecroulé

Wall-Girl

Cher journal, aujourd'hui n'a pas été un jour comme les autres. Il sera peut-être même source d'observations et de critiques à l'avenir.

Comme tous les matins, j'aère la chambre en contemplant mon si beau panorama, le ciel azur, les toits carmins, les quais de pierres brillantes en contrebas, quelle palette agréable. Je remarque un homme qui a l'air de parler à un ami imaginaire. Il s'engage à vive allure sur le petit pont de marbre de Carrare, je me demande où peut-il aller de si bon pas.

Pas le temps de m'attarder sur la question, Francesco m'a demandé d'enfiler la dernière robe qu'il m'a offerte. J'ai toujours une robe de soie de Florence pour mes anniversaires. Avec un époux marchand de soie, cela va de soi. Puis il m'a prié de descendre hâtivement dans la loggia, son ami m'y attend.

Arrivée sous les arcades, voyant le matériel et l'ami déjà en place, je comprends de quoi il s'agit. Mon mari m'ayant souvent fait perspective de son projet et dressé le portrait du personnage.

C'est donc aujourd'hui. Même consentante, je tremble un peu à l'idée de m'offrir ainsi à cet inconnu.

— Bonjour jolie dame, murmure l'homme qui me déshabille déjà du regard, veuillez prendre place sur ce fauteuil de forme parfaite. Cette douce lumière pénétrante réchauffera votre peau nacrée.

Timide, réservée, épouse dévouée, je m'exécute sans un mot. Mon mari m'a affirmé qu'il n'y a pas meilleurs mains que celles de ce maître.

— Robe verte plissée, manches jaunes, carré de soie, voile dans les cheveux. Vous ne me facilitez pas la tâche ! dit le maitre en retirant le foulard de mon décolleté.

— J'ai pris soins de ne me couvrir d'aucun bijou, pour moins vous embarrasser.

— Parfait, nul besoin de trompe-l'œil pour garder pleine pureté. Femme modèle doit céder à la facilité mais pas à la luxure. Prenez la position qu'il vous plaira pour cette couche primaire.

L'exercice est une première pour moi. Je ne sais comment me tenir. Je pensais me soumettre à ces directives mais il me laisse une certaine liberté de posture. Bras pliés et mains croisées, un coude sur l'accoudoir, jambes abandonnées. J'essaie de paraître détendue sans trop rougir. Je n'ose bouger.

— Magnifique ! Votre visage aux divines proportions s'inscrit, avec votre poitrine et vos mains, dans un rectangle d'or. Faites fi de ce qui nous entoure et ne bougez plus, jolie dame de Vitruve.

Trop inexpérimentée pour tout comprendre à ces propos, je laisse le maestro se mettre à mon œuvre. Gênée, je me sens déshabillée, nue et nature morte. Je cherche à me rassurer dans le regard de mon époux.

— Ne me quittez pas des yeux, même si je dois faire un mouvement de côté. Comprenez que je dois ressentir vos émotions pour attiser mon inspiration, m'explique le maître.

Pour m'apaiser sans doute, il me narre ses derniers exercices. Me vente ses talents avec la dame à l'hermine ou la belle ferronnière. Ces petits noms pour garder l'anonymat des demoiselles me donne envie de rire. Je me demande quel sera le mien en m'efforçant de n'esquisser qu'un sourire.

— Intéressant ce sourire légèrement dissymétrique, susurre-t-il tout en semblant avoir l'esprit à mille songes et inventions.

Je ne saurais dire combien de temps a duré la besogne. L'acte n'était pas si désagréable même si j'ai à présent un peu mal au dos. Je n'ai jamais osé remuer ou piper mot de peur de lui faire perdre son ardeur à me croquer.

— Seigneur Del Giocondo grand merci pour votre commande, dit l'artiste en retirant chevalet et pinceaux. J'ai terminé mon esquisse et mes nuances. Je vais pouvoir réaliser le portrait de votre chère épouse.

— Je vous fais pleine confiance pour mettre en couleur et en lumière la plus belle des Florentines. Répondit mon mari.

— Il va me falloir du temps car ce tableau sera peint par la technique du sfumato. Et pour l'heure je dois me rendre en France, invitation de François 1er en personne, dit fièrement le maître qui regagne la porte d'entrée.

— Prenez soins de vous Léonard, à bientôt.

Je ne suis pas certaine de voir ce tableau terminé un jour. J'espère qu'il décorera fièrement un mur pas trop esseulé afin d'être admiré de quelques personnes.

Lisa Del Giocondo, le 12 décembre 1502

Quelques mots clés : Wall-girl ("fille au mur") / Observation / Critique / Palette / Florence / Perspective / Portrait / Maitre / Trompe-l'œil / Modèle / Couche primaire / Rectangle d'or / Fi (Phi, nombre d'or ou divine proportion) / Vitruve / Maestro / Nu / Nature morte / Dame à l'hermine, Belle ferronnière (tableaux de De Vinci) / Croquer / Giocondo (Joconde)

Des juges et des points de vue

Lucas - Roissy - 15h51

J'attends mon avion, tranquillement installé en espace d'attente. J'ai l'habitude, mon métier m'impose pas mal de déplacements en Europe. Pour m'occuper, j'ai pour coutume de prendre des photos de ce qui m'entoure. Et justement, je repère un homme, assis un peu plus loin, qui ferait un sujet magnifique. Il est en léger contre-jour grâce à la façade vitrée qui l'entoure d'un bel halo de lumière.

Il se remarque facilement par son visage autant abîmé que tatoué. Plus tout jeune, mais impossible de lui donner un âge. De noir vêtu, sans veste ni sac de voyage. Il semble ne plus avoir d'énergie tant le poids des années lui écrase les épaules. Sa béquille et sa jambe raide qui entravent le passage, témoignent d'une certaine souffrance.

Son regard est vide, ni triste, ni heureux, juste vide. Il fixe un petit moineau posé au sol, l'oiseau semble le fixer en retour.

Je règle mon appareil sur noir et blanc, zoom x2, ouverture diaphragme f/14, 100 ISO. Je cadre discrètement l'homme et l'oiseau. C'est dans la boîte, et déjà sur mes réseaux.

Tête baissée, j'observe cette photo, et mes pensées s'envolent. Quelle histoire se cache derrière ses tatouages, ses rides, ses blessures ? Un tolard en permission ? Un ancien légionnaire blessé au combat ? Un sans-abri qui se réchauffe ? Absorbé par cette image, j'imagine mille vies à cet homme mystérieux… Quand un cri me ramène subitement à Roissy…

« Espèce de vieux con ! »

Je relève la tête. Un voyageur pressé vient d'insulter mon énigmatique personnage Celui-ci penché en avant et le bras tendu, semble agiter sa béquille au sol. Le petit oiseau est étendu, ensanglanté, immobile ! Je n'y crois pas, il vient d'abattre ce pauvre oiseau à coups de canne ! Pourquoi s'en prendre ainsi à cet oiseau avec qui il paraissait discuter du regard ? Effectivement quelle espèce de …

Je me lève pour rejoindre ma porte d'embarquement, et même si ce n'est pas dans mes habitudes, je ne peux m'empêcher de lui lancer un pas très fier : « Ordure va ! »

Richard - Roissy - 15h51

Mais où est ce comptoir Grand Dieu ? Entre le retard du taxi, les couloirs interminables et les files d'attente à rallonge, je vais finir par louper mon vol ! Pourquoi tant de couloirs ? Pourquoi tant de monde ? Pourquoi j'ai pris ces deux grosses valises ? Allez pressons le pas, sinon, c'est ici que je vais les passer mes vacances.

J'enchaîne les escalators et les corridors. J'esquive les touristes, je double ceux qui trainent sur le tapis roulant. Ah ! Cet espace d'attente aux larges travées. En passant par-là, je gagnerai deux bonnes minutes. Allez Rich, on accélère, on y est presque !

Pas le temps de me réjouir que patatras ! Je m'entrave dans la jambe d'un gars assis de tout son long ! Sa béquille s'envole, mes valises s'écrasent. A deux doigts de m'écrouler comme une petite vieille, je parviens à garder l'équilibre.

Un genou à terre, je redonne forme à la valise cabossée par le vol plané. Le gars qui m'a fait tomber ne réagit même pas. Un alcoolo ? Un clodo ? Un peu les deux sans doute. Avec ses tatouages et sa gueule de gangster à la retraite, je me dis qu'il a dû en emmerder du monde plus jeune. Je suis persuadé qu'il a fait exprès, cela doit le faire marrer ce crétin.

Je l'aurais bien secoué mais je n'ai pas le temps, je saisis mes valises et reprends ma course.

Du coin de l’œil, je vois bien que le vieux me dévisage comme si c’était moi le fautif. Je ne trouve rien d’autre à lui lancer qu’un …

« Espèce de vieux con ! »

Après tout, les vieux cons ne sont jamais que de jeunes cons que personne n’a osés informer.

Je trouve le comptoir d’enregistrement enfin ! Je pose ma valise sur le tapis tout en sortant mon passeport. Mais… là, sur un côté de ma valise ! Je remarque… oui, une petite plume, collée par une tache de sang ! Qu’est-ce que c’est que ce truc ? D’où ça vient ça ? Oh et puis on s’en fou ! Allez hop, file en soute la valise, on se retrouve à Marbella !

Marcelo - Roissy - 15h51

Depuis combien de temps j'attends sur ce siège ? J'ai mal au dos et cette jambe bouffée par le crabe me fait souffrir de plus belle. J'ai tellement hâte de décoller. Retrouver ma Corse et en finir de toutes ces douleurs.

Devant moi, ce petit oiseau qui sautille m'occupe l'esprit, il est bien loin le temps où je pouvais sauter comme cela. Ce piaf me fait penser à celui de ma fille, ma pauvre petite. Elle m'aura tant manqué, je vais bientôt la retrouver, enfin.

J'espère qu'elle ne m'en voudra pas trop d'avoir fait tant de conneries, après son départ. Tous ces litres d'alcool pour oublier, tous ces séjours en taule pour me rappeler. Quelle vie de merde, mais plus pour longtemps.

Oh zut ! Ma satanée jambe vient d'entraver un pauvre gars. Il a tout foutu en l'air, ma béquille comme ses valises. Il n'a qu'à faire attention aussi ce zinzin! Courir le nez en l'air ne mène jamais bien loin. Si seulement j'avais la force de me lever, je l'aiderais ce bougre qui a l'âge d'être mon fils.

Alors que j'allais platement m'excuser, il me lance en guise d'au revoir…

« Espèce de vieux con !»

Les torts étaient pourtant partagés me semble-t-il ! Il fut un temps où je lui aurais mis une de ces raclée à lui !

Je récupère tant bien que mal ma béquille quand j'aperçois à son extrémité, le petit oiseau… Immobile. Il est mort ! Ecrasé par la valise du zinzin ! Il ne sautillera plus. Lui ai-je porté malheur en l'associant à la mémoire de ma petite ? S'il me restait des larmes, je crois que je pourrais pleurer.

Au même moment, voilà qu'un autre gars énervé passe en me lançant un timide : « Ordure va ! »

Mais qu'est-ce que je lui ai fait à ce jeune qui a l'air autant fâché qu'attristé ? Il pourrait être mon petit-fils ! Sauf que lui n'oserait jamais me parler ainsi.

Je ne comprends plus ce monde qui se détraque à mesure qu'il se remplit. Ma parole, plus les générations s'enchaînent plus elles sont connes.

Tous – Partout – Tout le temps

Nous jugeons, de notre point de vue, sans en essayer un autre. Les conclusions tombent sans attendre tous les éléments, sans recouper les informations. Ainsi va le grand tribunal populaire.

Qui suis-je ?

J'ai une histoire à vous conter, ça ne prendra pas longtemps, enfin ça dépend.

C'est l'histoire d'un homme qui court. Il court comme un dératé, mais où va-t-il ?

Est-il à la poursuite d'un voleur de rue ? Non, il ne semble suivre personne.

En retard pour prendre un train ? Il n'y a pas de gare dans le coin, il n'y a rien d'ailleurs par ici.

Il faut avoir une bonne raison pour courir comme cela. Fuir quelqu'un, quelque chose.

Je pars à la poursuite de la personne, comme une idée fuyante, je ne voudrais pas qu'elle m'échappe. Où va-t-elle m'emmener ? Je rattrape non sans mal l'étrange personnage. Où va-t-il comme cela, si vite ?

— Comment ça, où je vais ! s'exclame l'homme qui curieusement m'a entendu. J'en sais rien moi où je vais !

— Si vous ne savez pas, pourquoi y aller de si bon pas ? lui répondis-je.

— Si seulement je le savais ! Je ne sais même pas qui je suis, c'est dire. Et pourquoi me suivez-vous d'abord ?

— Je ne sais pas. Pour voir où vous allez ! J'ai pensé que vous aviez besoin d'aide.

— Besoin d'aide ? Peut-être... Je ne sais ni d'où je viens, ni où je vais.

— Et si vous regardiez autour de vous au lieu de galoper tête baissée ? Courir sans voir, c'est comme parler sans savoir, cela occupe mais ne mène nulle part. Vous êtes sur un quai de pierre brillante dans une ville qui semble d'un autre temps, lui dis-je un peu agacé par son curieux comportement.

— Ah bah merci pour les précisions, c'est pas dommage. Comment voulez-vous que je le sache !

J'avoue qu'à ce moment-là j'hésite. Que faire de cet énergumène, l'abandonner dans son intrigue ou l'accompagner dans sa fiction ?

— Ralentissez un peu qu'on discute ! lui dis-je en tentant de le calmer, on va bien trouver pourquoi vous courez comme un lapin.

— Avant de savoir où je vais, faudrait-il savoir qui je suis ? Vous, qui avez l'air d'être concerné par mon cas, vous ne sauriez pas comment je m'appelle par hasard ?

— Ha non désolé, pas encore.

— Comment ça pas encore ? Vous attendez que je vous le dise peut-être ? Je vous ai déjà dit que je ne connais rien de moi, ni de vous d'ailleurs, s'énerve-t-il.

— Et bien soit ! Je vais vous appeler « Mamoron ».

— Comment ? De quoi j'me mêle ? Je ne vous ai pas demandé de m'inventer un nom, qui êtes-vous pour me baptiser ? Et puis c'est quoi Mamarron ? C'est nul, pourquoi pas « Grosmarron » tant que vous y êtes ? Si c'est tout ce que je vous inspire, c'est encourageant pour la suite.

— J'aime bien moi, ça fait vieux nom. C'est classe les vieux noms, c'est mystérieux. Mamoron veut dire « imagination » en Malgache. Sachez monsieur, que traduire un mot dans une langue lointaine est une technique d'auteur en mal d'inspiration.

— C'est pas faux.

— C'est «inspiration» que vous ne comprenez pas ?

— Ah non ! Vous n'allez pas me la faire celle-là ! Elle est usée jusqu'à la corde.

— Oui, non, pardon. Qu'est-ce que voulez, un grand homme comme lui, ça vous inspire. Ça peut même engendrer des vocations.

— Perceval ? Il vous inspire ! Bah mon vieux, on n'est pas sorti du sable.

— Mais non abruti ! Alexandre ! Alexandre le Grand. Mais revenons à notre histoire, on va perdre les non-initiés à digresser. Tenez, prenez à droite, par ce petit pont de marbre de Carrare.

— Ah, parce que c'est vous qui faites l'itinéraire en plus ! Il n'était pas là ce pont, avant que vous en parliez !

— Ne faites pas attention, une jolie dame vous regarde de sa fenêtre. Je vous utilise vite fait pour faire diversion, mais ceci est une autre histoire. Ne réfléchissez pas et continuez.

— Vous m'utilisez maintenant ! De mieux en mieux. Mais pour qui vous prenez vous espèce de marteau ?

— Calmez-vous… Asseyons-nous et essayons de trouver qui vous êtes. Alors… Laissez-moi réfléchir, vous êtes peut-être un espion ?

— Vous me trouvez discret là, tout rouge, à courir comme un con ?

— Non c'est vrai, un policier alors ?

— Qui court derrière du vide? Il ne manquerait pas un antagoniste des fois.

— Alors un marathonien qui s'entraîne ! Cela vous va ?

— J'ai la rate en vrac et j'ai envie de vomir, vous parlez d'un sportif. Pour le coup, c'est le protagoniste qui fait défaut.

— J'ai trouvé ! Un genre de super-héros à la poursuite d'un méchant invisible, c'est à la mode en ce moment. Mais… Qu'est-ce que vous faites derrière ce buisson ?

— Je vomis.

— Ah... Pas super-héros alors, répondis-je déçu, qu'est-ce que je vais faire de vous moi ?

— Me foutre la paix ? C'est pas mal aussi non ?

— Allons, allons ! J'essaie de vous personnaliser c'est tout. Mais dites-moi, vous avez remarqué ?

— Quoi encore? souffle Mamoron fatigué.

— Quelques lignes plus haut, vous avez vu ? Les mots « asseyons » et « essayons », comme ces mots sont si proches et pourtant si différents. Comme deux petites lettres permutées peuvent tout changer. J'ai longtemps joué avec les chiffres par le passé, et maintenant que je m'essaie aux mots. J'aime bien remarquer ce genre de chose amusante.

— Amusante ? Il n'y a que vous que ça amuse vous savez. Vous me parlez de chiffres, de mots, vous êtes malade en fait ! Mais qui êtes-vous à la fin ? Vous me dirigez, vous me baptisez et vous m'emmerdez par la même occasion ? De quoi vous mêlez-vous après tout ? Qui êtes-vous, par pitié ?

—Je ne préfère pas vous le dire, cela entacherait notre relation.

— Vous parlez d'une relation ! Vous me regardez de haut, vous inventez ma vie. J'ai l'impression d'être un pion, d'être votre marionnette !... Mais… Arrêtez ... Pourquoi me déplacez-vous ?

— J'essaie des trucs. C'est mon droit ! Montez sur le parapet pour voir, près du vide.

— Non mais oh ! Et puis quoi encore, je saute ? Je ne suis pas votre pote, ni votre potiche. Vous m'entendez !

Vous m'entendez ?…

Hé oh répondez-moi …

Où êtes-vous ? hurle-t-il.

— Pas de panique, je suis là. J'essayais d'installer un certain suspens. Il faut toujours un peu de suspens. Il permet de donner une raison au lecteur de continuer sa lecture.

—Allez ! Ça va bien, je me tire ! Je retourne courir bêtement. Et si on me demande pourquoi je cours ; je répondrais que je fuis un débile, ça me fera une raison. En attendant, je ne vous aurais plus dans les pattes, la paix.

— Le problème, c'est que sans moi, vous n'irez nulle part. Sans moi, vous n'êtes rien. Vous n'existeriez même pas mon cher Mamoron.

— Il suffit maintenant ! Arrêtez avec ce nom ridicule de hamster obèse ! Vous le sentez que je vais craquer là ? sanglote-t-il épuisé.

— Allez d'accord, ce récit ne mène nulle part de toute façon…

Je me présente. Je m'appelle Éric Juban. Je suis auteur, enfin j'essaie. Il me fallait une histoire de plus pour terminer ce bouquin, alors j'invente au fur et à mesure, à vive allure. Sans savoir où je vais, ni où je vous mène.
Et mine de rien, j'ai déjà rempli huit pages grâce à vous. Je vous en remercie.

— C'est une blague ! s'emporte l'homme. Vous m'épuisez et m'abîmez à me faire courir dans tous les sens juste pour remplir des pages blanches !
Et vous vous dites auteur ! Songez à en prendre un peu pour commencer.
Comme dirait le plus grand : « Je ne suis pas contre les excuses, je suis même prêt à en recevoir ».
Pensez à remercier ceux qui vous lisent, je les plains. Rassurez-moi, vous ne le vendez pas ce livre ?

— Non, pas au moment d'écrire ces lignes. Mais si des lecteurs, que je ne connais pas, sont arrivés à cette page, cela veut dire qu'il est en vente. Et je remercie du fond du cœur ceux qui l'ont entre les mains.
Mais avant cela je remercie celles qui en ont corrigé les (nombreuses) fautes : Vanessa Combret et Florence Suchet.

— Oui les pauvres, elles arrivent à vous suivre dans vos idées farfelues ! Chapeau. Et d'où vous viennent ces idées au juste ?

— De ce qui m'entoure, des gens, de ma tête…

Je suis abonné à bon nombre de chaines YouTube, dans des domaines très variés. Certains YouTuber m'impressionnent. Leur inspiration, leur persévérance, leur motivation, leur détermination et l'énergie qu'ils mettent à partager leurs passions me fascinent. Ils me poussent et m'encouragent à ne pas rester dans l'immobilisme.

Si l'un d'eux passe par là, j'aimerais qu'il sache que je le remercie. J'en profite pour en citer quelques 'un :

Arnaud Thiry, Mickaël Launay, Edward, Guillaume Casar, Hugo Lisoir, P.A.U.L, Marty, Laurent Schmidt, Le réveilleur, Laurent Jacquet, Ni&Co, Olivier Verdier, Quentin Doulcier, Tesla Geek, The choucroute garage, Vang hà, ATE chuet, Benoit Beal, Caljbeut, Deus Ex Silicium, Florian Truck, Loulou le Grutos, Yan solo, HP,… et plus dernièrement Christelle Lebailly et Charly Farrow.

— OK, pour résumer, vous êtes un geek qui se met à l'écriture.

— Voilà, je tends une corde de plus à mon arc.

— Du coup, votre arc ressemble de plus en plus à une harpe. Et vous êtes sur quoi, comme histoire, en ce moment ? Môoosieur l'auteur.

— Alors, c'est l'histoire d'un homme qui court. Il court comme un dératé, mais où va-t-il ?...............

Certains et d'autres

Certains se déplacent en scooter,
        d'autres en hélicoptère.
Certains découvrent l'Amérique,
        d'autres le succès.

Certains manient l'épée,
        d'autres la plume.
Certains grandissent dans la misère,
        d'autres vieillissent dans la lumière.

Certains se convertissent à l'islam,
        d'autres boivent de la vodka.
Certains sont gastronomes,
        d'autres sont des goinfres.

Certains ont la légion d'honneur,
        d'autres des accusations.
Certains usent les planches,
        d'autres rénovent des hôtels.

Certains ont du diabète,
d'autres des diamants.
Certains ont soutenu la gauche,
d'autres la droite.

Certains ont des cheveux de terres,
d'autres sont de cire.
Certains font de la pub,
d'autres des chefs d'œuvres.

Certains ont un gros nez,
d'autres ont mis des faux.
Certains cherchent de l'eau,
d'autres du charbon.

Certains sont traités de minables,
d'autres de héros.
Certains aimeraient manger du phoque,
d'autres font la chèvre.

Certains portent des braies,
d'autres des tenues de soirée.
Certains sont gangsters,
d'autres commissaires.

Certains côtoient Michel blanc,
d'autres Rydley Scott.
Certains sont acteurs,
d'autres chanteurs.

Certains sont comtes,
d'autres misérables.
Certains aiment la France,
d'autres vivent en Russie.

Certains travaillent au 36,
d'autres à la mine.
Certains sont de mauvaise foi,
d'autres abîment leur foie.

Certains sont Lucas,
d'autres Quentin.
Certains ont des vignobles,
d'autres des oscars.

Certains se nomment Gérard,
d'autres Depardieu.

Un seul est tout cela à la fois.

A moi de raconter

Une belle nuit, ou un peu avant
Près d'un miroir, elle semblait rêver
Cachant le soleil, je la surprends
Les yeux fermés, elle me sent avancer

Tel un grand vautour affamé
Je m'approche en louvoyant
Puis d'un saut je me jette à ses pieds
Curieusement, elle me laisse l'aborder

Mes yeux rouges
Mon costume sombre
Ma couronne diamantée
Naturellement interrogée

Sur la joue, je l'ai embrassée
Baiser d'épine, je prends sa main
Ses yeux ouverts en ailes déployées
Elle me reconnaît depuis le temps
Mon retour semble l'enchanter

Elle me prit de la ramener
Pour, comme avant, rêver
Par pitié revenir dans le passé
Pour arracher les étoiles dorées, nos étoiles brodées
Sur un cheval blanc, réécrire les évènements
Ouvrir les portes, éteindre les flammes
Et sur les mères veiller
Rêve insensé, je ne peux l'exaucer
Déchiré, je dois m'envoler…

Je suis l'aigle noir, venant de nulle part, semblant crever le ciel

L'Aigle noir est une chanson de Barbara parue en 1970. Il y a eu plusieurs interprétations de ce texte mystérieux.

Celle-ci est la mienne, comme une traduction, ligne à ligne, du point de vue de l'aigle.

L'Aigle noir *(par Monique Andrée Serf, dite Barbara, 1970)*

Un beau jour, ou peut-être une nuit
Près d'un lac je m'étais endormie
Quand soudain, semblant crever le ciel
Et venant de nulle part, Surgit un aigle noir

Lentement, les ailes déployées
Lentement, je le vis tournoyer
Près de moi, dans un bruissement d'ailes
Comme tombé du ciel
L'oiseau vint se poser

Il avait les yeux couleur rubis
Et des plumes couleur de la nuit
À son front brillant de mille feux
L'oiseau roi couronné
Portait un diamant bleu

De son bec il a touché ma joue
Dans ma main il a glissé son cou
C'est alors que je l'ai reconnu
Surgissant du passé
Il m'était revenu

Dis l'oiseau, ô dis, emmène-moi
Retournons au pays d'autrefois
Comme avant, dans mes rêves d'enfant
Pour cueillir en tremblant
Des étoiles, des étoiles
Comme avant, dans mes rêves d'enfant
Comme avant, sur un nuage blanc
Avant, allumer le soleil, être faiseur de pluie
Et faire des merveilles
L'aigle noir dans un bruissement d'ailes
Prit son vol pour regagner le ciel

Livres et jeux de société du même auteur sur

www.preference-jeu.com

Printed in Great Britain
by Amazon